세상의 모든 꽃들이
당신을 생각하는 이유가 된다

예술가시선 39

세상의 모든 꽃들이
당신을 생각하는 이유가 된다

초판 1쇄 발행 2024년 11월 15일

지은이 류승도

펴낸이 한영예
편집 박광진
펴낸곳 예술가
출판등록 제2014-000085호
주소 서울 송파구 문정로13길 15-17, 201호
전화 010-3268-3327
팩스 033-345-9936
전자우편 kuenstler1@naver.com
인쇄 아람문화

ISBN 979-11-87081-35-7 03810

예술가 시선
39

세상의 모든 꽃들이 당신을 생각하는 이유가 된다

류승도 시집

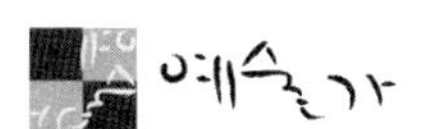

自序

"세 번째 시집을 엮다, 빛이란 단어를 떠올린다.
이번은 무슨 구실인가? 질문이 길다.
왜 시집 내세요?

새에게 나는 것이 가장 힘들다면, 시인에게는 시가 가장 힘들다.
그것이 삶이라면 가장 힘들다. 나는 것이 진화, 시가 생존이다,
(그러기에 기쁨과 희망을 전제, 通한다.)
치유 또는 보호의 방식인 염증이 그렇듯 만성이면 위험하다.

욕망일 수 있고 목표라도 좋겠다. 현실과의 괴리,
그 사이에서 거리를 좁히기보다는
스스로 건너는 외나무다리*로 시를 생각할 수 있겠다.

결핍이야말로 절실이고 절박이고, 에너지다.
수소연료전지보다 도달하는 힘이 세다.

배부른 시인, 예술가, 철학자 왜 아니시옵니까.
순서로 보면 첫울음이 날숨이니 먼저 비우고 시작한 삶인가?
찼으면 비워야 할 무엇, 소진이다."**

* 3 眞「산벚나무」중에서
** 4 調「시인이라는 말」중에서

목차

2. 中

3. 眞

4. 調

1. 如

서-충-신

2017년, 서恕라 쓰고 같은 마음이면 좋겠다 고백한다
2018년, 충忠이라 쓰고 마음 가운데라 고백한다
2019년, 신愼이라 쓰고 진심이라 고백한다
오늘* 나의 마음이라 고백한다

* 이미 와있고 완전하며 전부인, '온 늘'이다

심화요탑心火遶塔*

1

기다리라 했지만 기다리지 못했네

가슴에 측은 두고 다녀가셨네

사모에 인 불길

잡을 수 없네 온몸 태우네

2

마음 불 탑 사르니

어리석고 가엽네

임아 어찌 하오

내 전생의 지귀를

* 신라의 지귀 설화

매화사

—月梅=春香=香丹-夢龍=芳姿*

—월매가 춘향이고 춘향이 향단이니, 몽룡이 방자*다

달빛에 매화 피니 봄 향이 붉다

홍매 삼매, 어쩌지 못하여

꿈속의 용이 방자*다

* 꽃처럼 아름다운 자태

꽃이라 나비라,
아 좋다

바라보는 동안

꽃이었네

아, 좋다

생각이 일자

아차,

날아갔네

봄, 동백

하도 예뻐, 반가운 말이 급해
"뭐 하다 이제 오셨어?" 하니
너는 말 대신 숨 차[*] 붉은
맘 먼저 꺼내 보여 주었다

*

깜빡했다, 내가 그렇듯
밤낮 쉬지 않고 삼백예순다섯 날
해를 1억 5천만km[**] 의 거리에 두고
초속 29km의 속도로 한 바퀴
9억 4천 2백만km를 돌아
와
맞는 봄이다

** 1 AU(천문단위) : 태양과 지구 사이의 평균거리

新龜旨歌
—龜去來謝

1
"누워 자다가 '오늘은 몇 시가 되어야 물이 들어오겠다.
원담* 봐야겠다.'하고 와당땅 일어나 가요.

그 어느 날인가엔 와보니 거북이가 와자가지고 울고 있어
요. 옛날 할아방들이 '거북이가 오면 막걸리라도 한 잔 멕
여서 보내라'고 말을 해서

막걸리 사러 갈 수는 없고 소주 한 병 가져갔다가 '울지마
라 울지마라고, 이거 술 한 잔 먹고 오늘 물 밀려오니 물
밀려올 때까지 기다렸다가 곱게 나가라'하며

'멜**이라도 몰아서 오라' 했더니 한 3일씩 멜이 몰려오는데
원담 세 개가 시커멓게 물이 안 보이도록 멜을 담아놓고

내가 태어나 멜이 든다 해도 그때처럼 많은 적이 없었어!"***

2

我 거북아 兒 거북아 머리를 내어라

아니 되 聳 아니 되 龍 부끄러워 못 내미 蛹[****]

정 못 들겠으면 술이라도 한 잔 마시고 머릴 내어라

* 제주 해안가에서 밀물과 썰물의 차를 이용하여 고기를 잡을 수 있게 만든 돌담
*** EBS 다큐프라임 "백성의 물고기—**멸치편"에서 원담지기 86세 이방익 옹의 이야기를 옮김.
**** 솟을 용, 용 용, 번데기 용

口傳心樹*

1*

가슴앓이를 해 이것 때문에

나무가 아주 울창했었는데 까치집도 있었어

그런데 어느 순간 까치집이 없어졌어

까치는 말이야 죽어가는 나무에는 집을 짓지 않는데

어느 순간 나무에 까치집이 없어지더라고

죽어 가나봐 이제는 없어졌어 까치집이

몇 년 전까지만 해도 까치집이 있었거든

그런데 이제는 없어

나무가 죽나봐 그렇게 죽어가나봐

그래서 말이야 내가 가슴앓이를 해

이것 때문에 이것 때문에

내가 가슴앓이를 해

2

無用의 用이 그러하다 나무가 그렇다

亭子, 堂山 나무가 말이다

無言으로 言을 전하는 나무가 마음이다

無心으로 心을 가르치는 나무가,

살아서 서 있는 나무樹가

한 권 넘는 한 편의 長詩를 쓰다

한자리 오래 소리 얽힐라囉,

사람으로 앓아눕기도 한다

* 口傳心授(말과 마음으로 전하여 가르침)하는 나무樹라는 뜻일 테다, "2015 정자프로젝트: 구전심수—말과 마음으로 전해진다(작가 송미경 등)"에서 옮김

만취

고궁에서 나의 가을과 만나다 구름 한 점 없는 하늘 스마트폰으로 찍다 얼굴도 이름도 보이지 않는 사진에 마음만 청잣빛* 가득 담아

一茶, 빈 가을에 취하고, 二茶, 털털한 막걸리에 취하고, 蔘茶, 따뜻한 전통 찻집에서 滿醉에 닿다

*

차라리 고백** 이다
먼 길이었으나 순간에 닿았다

**

캔버스의 유화*** 가 좋겠다
붓질을 멈춘 거리, 팔레트에 남은 색색의 물감

***

여태 입안에 居하는 빛이라 하자

돌 3
—시작

점심 뒤에 아이스아메리카노커피 마시고 남은 창가에 빈 투명플라스틱컵이다
아이스 대신 작은 돌 세 개 주워다 넣고 커피 대신 수돗물 넣고 빨대 대신 수초 아몬드페페 두 줄기 넣고 월요일이라 한다
아이스 대신 작은 돌 네 개 주워다 넣고 커피 대신 수돗물 넣고 빨대 대신 사랑초 네 줄기 넣고 화요일이라 한다
아이스 대신 작은 돌 네 개 주워다 넣고 커피 대신 수돗물 넣고 빨대 대신 수초 아몬드페페 세 줄기 넣고 수요일이라 한다
아이스 대신 좀 큰 돌 한 개 주워다 넣고 커피 대신 수돗물 넣고 빨대 대신 수초 두 줄기 넣고 목요일이라 한다
아이스 대신 작은 돌 한 개 주워다 넣고 커피 대신 수돗물 넣고 빨대 대신 수초 아몬드페페 한 줄기와 연잎 한 줄기 넣고 금요일이라 한다
점심 뒤에 아이스아메리카노커피 마시고 남은 빈 투명플라스틱컵이다

아이스 대신 작은 돌 두 개 주워다 넣고 커피 대신 수돗물 넣고 빨대 대신 뿌리까지 무성한 수초 하나 얻어다 넣고 토요일이라 한다
점심 뒤에 아이스아메리카노커피 마시고 남은 빈 투명플라스틱컵의 구멍 난 뚜껑이다 뒤집어 놓은 뚜껑이다
아이스도 없었으니 커피도 없었으니 좀 큰 돌 하나 주워다 넣고 수돗물 넣지 않고 빨대 대신 뿌리까지 무성한 수초 하나 얻어다 넣지 않고 않아도 되고 일요일이라 한다
이 모든 작업을 하루에 하나씩 7일 만에 했다고 생각하지는 마시길, 토요일과 일요일에 출근했다고 생각하지는 마시길!
창가에서 쓰레기 매립지 1공구의 푸른 여름의 풍경과 함께 월요일부터 일요일이 돌돌돌 돌이 흘러간다
이제 돌 자랄 일 남았다 시 쓸 일 남았다
돌이 줄 것인가 물이 줄 것인가 수초가 줄 것인가 시를 누가 줄 것인가
다시 작은 돌 두 개 주워다가 월요일과 화요일에 하나씩

넣고 수평을 보니 월요일부터 토요일 수평이 맞았는데
일요일은 특별히 마른 날로 하고 컵 높이가 모두 같다고
생각하지는 마실 것!
월수 같고 화목 같고 금토 같은데, 일요일은 뚜껑!
이 모든 작업을 하루에 하나씩 7일 만에 했다고 생각하지
는 마시길, 오늘은 벌써 금요일이고,

色

난해한 인체 PCB* 분석이 신기하고 신기하다

가시역이 아닌데 이리 잘 보다니

미에서 극미로 초극미로

無까지, 양으로

안 보이는 것

보이는

경지

아니 보이는

당신이 보고싶다

* 폴리염화바이페닐(Polychlorinated Biphenyl) : 잔류성이 크고, 생물농축성이 있으며, 강독성이고, 대기나 해류에 의한 장거리이동성이 있어 POPs잔류성유기오염물질규제협약(스톡홀름협약)에 의하여 국제적으로 관리되고 있다.

돌

이 꽃은 안개꽃일 확률이 81%입니다*

*

꽃검색 렌즈로 돌을 묻는다

세상이 꽃의 확률이다

연

연이 해 연이고 그럴 연이고 익힐 연이고 연기 연이고 펼 연이고 갈 연이고 잇닿을 연이고 인연 연이고 늘일 연이고 탈 연이고

납 연 잔치 연 제비 연 그리워할 연 물 따라갈 연 연꽃 연 연할 연 연이을 연 불릴 연 불쌍히 여길 연

못 연 넓을 연 고울 연 벼루 연 달굴 연 잔물결 연 대자리 연 버릴 연 석가래 연 솔개 연

가마 연 비틀 연 연기 연 예쁠 연 시내 연 강이름 연 침 연 삼킬 연 호련 연 빈 터 연

길 연 늘일 연 해 연 인연 연 바를 연 성낼 연 장구벌레 연 잔치 연 만연할 연 인연 연

갈 연 이야기 할 연 고울 연 연지 연 못 연 벋을 연 인연 연 빛날 연 빈 터 연 구불구불할 연

연할 연 땅 가장자리 연 연할 연 납 연 옥돌 연 가냘플 연 옛대추 연 작은 창 연 납 연 어릴 연

못 연 물 이름 연 꿈틀거릴 연 면류관 싸개 연 청명할 연 옥 이름 연 제비 연 바를 연 옥돌 연 물 따라 갈 연

아름다울 연 장구벌레 연 개고기 연 옥돌 연 메뚜기 새끼 연 시내 연 굽을 연 움직일 연 비빌 연 연지 연
불빛 연 못 연 해 다닐 연 깊을 연 솔개 연 고울 연 갈 연 옥돌 연 벼루 연 부드러운 가죽 연
벼루 연 종대추나무 연 물 창일할 연 산 속의 늪 연 구연나무 연 쪼그라들 연 땅이름 연 침 연 장구벌레 연 예쁠 연
쇠꼬리 색 연 새 이름 연 대답할 연 아리따울 연 웃는 모양 연 해 다닐 연 나무 이름 연 북소리 연 못 연 비빌 연
밟을 연 몹시 달 연 짐승 이름 연 땅 이름 연 도려낼 연 부드러운 가죽 연 못 연 불탈 연 아름다울 연 성씨 연
구연나무 연 물릴 먼 배래기 연 멍에 연 꽁무니 흰 말 연 나무 이름 연 주발 연 연 연 나는 모양 연 찌를 연 침 연
옥 모양 연 못 연 시큰거릴 연 서로 돌아보며 갈 연 갈 연 불탈 연 이야기할 연 새 이름 연 북소리 연 못 연
풀이름 연 제비 연 모일 연 연기 연 지명 연 황겁할 연 연 연 익을 연 목이버섯 연 벌레이름 연
거친 베옷 연 번민할 연 제비 연 조금 있을 연 까부를 연

서로 돌아보며 갈 **연** 실 약해질 **연** 들 콩 **연** 성 밑 밭 **연**

구불구불할 **연**

솔개 **연** 날이 갤 **연** 물고기 이름 **연** 련 련,

연

아,

아,는 감탄사고
내게 나我다
나다*가 없다
아, 내가 없다
신께 나아가는 방식
가진 것 없이,
나다 나다 나다
아, 상
벗어나지 못하니
나 아
아,
역시 감탄사다

* nada : 아무것도 아닌 것

평등에 관한 질문의 방식, 또는 편 가르기를 통한 비스듬한 생각에 둘이 무엇을 하고 싶을까

1

동작역에서 9호선 급행으로 갈아타 서 동작 그만, 여의도까지 빽빽하게 생각한다

사람들의 발바닥 높이가 같다, 키 작거나 키 크거나 섰거나 앉았거나 기대거나 버티거나

평등의 토대가 이미 마련되었다, 모두 평등의 근거 위에 다른 높이의 숨 쉬며 평등을 생각한다,

생각이 그렇다, 오늘 제일 잘한 일, 숨 쉰?, 일, 생각한 일, 생각이 그렇다

물구나무를 서는 편이 나은 것 아닌가? 평등하자고 서 머리를 자를 수야 없지 않은가

각기 다른 방향의 공중의 깊이로부터의 발바닥까지의 불평등은

지구상에 머리의 평등에 도달하기 위하여 오히려 더 평등과 같지 않은가?

2

지구상에 많은 다른 시간이 있다, 해는 얼마나 대접받기를 좋아하는가, 나라마다 해 뜨는 시간에 맞추어 해를 맞는다, 해도 해도 마찬가지, 지구상에 오직 하나의 시간이 있다, 해는 얼마나 대접하기를 좋아하는가, 하루의 민낯을 모든 나라에 선사한다, 천동설에 레일 위로 공전하는 평등에 관한 편이다

3

엄마가 아이를 낳을 때 아이는 엄마를 낳는다, 남편이 여편에 토대하듯, 선물 중의 선물이 주는 선물을 받아주는 선물, 받다=주다, 받아줌!이 맞다, 나이는 속일 수 없어, 겉이며, 좋은 것이 좋은 것을 좋아하기 때문

4

둘이 있으면 무엇을 하고 싶을까? 아니 둘이 무엇을 하고 싶을까? 아니 둘이 무엇을 할 수 있을까? 아니 무엇을 할 수 없을까?

둘이 있고 싶을까, 둘이고 싶을까, 둘이 하고 싶은 것을 하고 싶을까, 둘이 하고 싶지 않은 것을 하고 싶을까, 둘이 할 수 있는 것을 하고 싶을까, 둘이 할 수 없는 것을 하고 싶을까,

알(파)고 싶다고 다 알 수는 없는, 둘이 둘이 둘이

둘을 바랄까? 혼자 아니라면 셋이라도 되길 바랄까?

어리연잎 보다

물 위 푸른
심장 보다
엉덩이 보다
얼굴
맞아, 삶이
드러누워
깔깔 웃는
눈물,

소란한 나무,
왜 가지를 뻗고, 마디를 짓는가, 생각하니

1

연못가에 늘어진 버드나무 금빛에

물 긷는 아낙이라 하니 실망,

머리 감는 여자라 하니 옆의 목련은 아직 봉오리 봉긋,

소란 소란 소란한 채

소란은 햇살의 미세먼지와 같아 문자文字가 더 소란騷亂한

머리칼이 빛난다오

쏟아지는 봄 목포, 또는 금빛

생각金思

2

더한 소란을 찾아 꽃도 잎도 아직, 아무도 이름을 모르는

수형이 우산 같은 나무

아무도 몰라 매화나무라 하니 믿지 않네

초리골 164번지 터의 주인에게 확인하여 얻은 용족나무

로 잃는 나의 아니不 확신 속에

기름진 목소리라 하니 절레절레, 비옥한 목소리라 하니

다시 절레절레

그럼 시원시원 그리 노래 잘하는 가수의 성대를 다만 성
량이 풍부하다고 밖에 할 수 없다면 우리말에 대한 모독
이 될지도 모를 일
안에 가자, LP판의 김추자의 영어가 Choo ja 인데 앞에
o하나 빼면 Cho ja, 뒤에 j하나 더 부치면 cho jja인데
초짜 유머는 웃음이 되지 못하고, 터진 수다
우리가 출장에서 누리는 호사가 아침 뒤에 카페와 아메리
카노커피와 비스켓에 썸타는 시간 잠시이니
나가자 나 가자 나 가시오 나 가시리오 그렇다 암산으로
돌아 돌아 둘이 둘이 나 가시리오
소란을 어쩔 수 없어
노랑 하늘, 가파른 숨소리로
산 아래 산수유와 산 위에 생강나무를 구분하느니
우주를 함께 걷다 두 나무가 꽃 잠시 찰칵, 피었다, 나 가
시리오
걸어 놓을 한 물건 없는 암산에
나의 낙관을 꽝, 찍어 그 자리에 거시리오

빛 담다, 2G

빛이 있으라 하시니 빛이 있었다

흰동백꽃 보다 치자꽃[#] 보다 철철 피는 당신을 본다

세상의 모든 꽃들이 당신을 생각하는 이유가 된다[##]

내 안에 당신이 그 안에 내가 머물길 바라니

치자꽃

오늘 보시는 날 보시고

웬일인가 생각지 마시고

한여름 속 뒤져 찾은

三冬에 白雪을 수태하여

난 당신이 좋아하시는

흰동백꽃이라 여겨주옵소서

세상의 모든 꽃들이 당신을 생각하는 이유가 된다

당신을 사랑하는 시를 쓰지 못했다
시를 쓰지 못한 편지를 쓴다

오랜 습관인 듯 생각하네
어느 날부터였는지 계절에 기대어

여섯 줄에 싣는 가득 빈 가슴일까
꽃이라도 다 담을 수 없네

허공에 잠시 울려 퍼지는 목소리
다가오는 듯 다가갈 수 있을 듯 거기

세상의 모든 꽃들이
당신을 생각하는
이유가 된다

복도에 걸린 사진

콜로드 모네(1940-1926)가 보고 갔다
구스타프 크림트(1862-1918)가 보고 갔다
아메데오 모딜리아니(1884-1920)가 보고 갔다

내(19××-)가 보고 있다,

프리드리히 빌헬름 니체(1833-1900)가 보고 갔다
라이너 마리아 릴케(1875-1926)가 보고 갔다
지그문트 프로이트(1856-1939)가 보고 갔다

나(-20××)도 보고 갔다

영구 없다*

영구하지 않았던 것,

영구 보관하던

영구 보관함을 비웠다

영구가 비워졌다

영구히 비워졌다

영구해졌다

영구 없다

영구 되었다

* 故 심형래 개그

엄마의 독법

어제부터 안 하던 짓을 한다
동작 하나하나 샅샅이 읽는다
마음이 먼저 읽는다
안 빨던 공갈젖꼭지를 빤다
밤에 자주 깼는데 아침까지 잔다
젖 물리자 손을 꼭 잡는다
엄마가 아이 마음을 읽기 전,
아이가 엄마 생각을 읽고 있다
짧은 석 달 아이가 몸말을 한다
나오는데 괜찮았어?
오랜만에 인사하는
선배의 눈이 그렁그렁하다
안돼 안돼. 그런 얘기 하지마
말도 마치기 전 씻긴 눈
방이 환하다

옥상에서 담배 피우는 여자의 등 뒤에 붉은 꽃은 무슨 꽃일까?

한 여자가 옥상에서 담배를 핀다
남자가 나와도 상관이 없다
배경으로 가끔 푸른 하늘,
쏟아지는 햇살을 막을 지붕이 없다
새 지저귀는 사방 신록의 풍경에
전념하여 스마트폰을 본다
통화를 하는 법은 없다
성년을 미리 보여 주기 위하여
도넛의 언어를 뱉던 때가 있었다
할 말을, 상대를 잊었을지도 모를
무료를 시간마다 반복한다
연기가 벽돌을 타고 오른다
벽 모서리에 가려 보이지 않는
스테인리스 원통형 재떨이에 담배를 끈다
한 송이 붉은 꽃을 등 뒤로
하늘색 철문을 열고 들어간다

아름다운 이를 향한 일주의 소일과 생각의 형식에 관하여

양과 때와 빈도와 주기와 일주의 특성이 그렇다 소일이 생각을 돕고 생각이 소일을 돕는 형식, 내용도 좋다 하루를 언제 시작할 것인지 하루를 어디서부터 생각할 것인지 무릇 일지 대저 일지 거행하기 위해서는 의식이 필요하다

하루다, 밖에서 잘 자라고 있는 로즈마리 짙푸른 가지를 하나 잘라다, 물 담은 투명플라스틱음료컵에 넣고 뿌리내리려다, 더디다 뽑아 머리 쥐어뜯듯 다시 어린 가지로 잘라, 일곱 가지를 함께 심어 놓은, 비하여 다소 큰 화분으로 생각하는 하루가 있다

또 하루다, 등산반 회원 공로연수 들어간다고 점심 함께 먹으러 한정식집 고루 가서, 대청 아래 시루에 어리연을 키우고 있기에, 음식 나르는 분에게 사장님 계시냐고 물으니 안 나오셨다고 하기에, 한 줄기만 도둑질해 가도 되나 물어보려고 했다고 하니, 주인에게 전화하여 허락을 맡아 주어, 나누어 온 어리연 한 포기를, 며칠 전 점심 라면에

김밥 먹고, 커피 대신 다이소에 가서 오천 원 주고 사 온, 수반에 물을 담아 옮겨놓고 생각하는 또 하루가 있다

다시 또 하루다, 앞의 로즈마리 화분 만드느라 모든 뿌리 내릴 만한 여린 일곱 가지를 잘라내고, 볼품없이 곧게 남은 원가지를 쓰레기통에 넣었다, 한참 뭔가 안쓰럽게 마음에 걸려 다시 주워다 씽크대에 가서 수돗물로 씻어, 다시 뿌리 내려 볼까 꽂아놓은 또 하나의 로즈마리 작은 화분으로 생각하는 다시 또 하루가 있다

이 모두 독방에서 일어나 와서 보기 전에야 무슨 일이 벌어졌는지 모를 터, 아름다운 이께 보여드리고 싶으나 그리하지 않음은 오히려 외로움으로 더 깊어지고 싶기 때문일지도 모른다

또 다시 하루다, 가지를 잘라 물 담은 투명플라스틱음료컵에 담가 뿌리를 내렸는데, 너무 웃자라 윗부분으로 다

시 잘라 다시 물 담은 투명플라스틱음료컵에 담가 뿌리를 내려, 화분에 옮겨 심으니 위로 자란다 생각했는데, 밑동에서 작은 가지 하나에 더 작은 가지 하나 또 키우는 애플민트라는 이름으로 생각하는 또 다시 하루가 있다

다시 또 하루다, 또한 밖에서 검푸르게 잘 자라고 있는 가지를 잘라, 물 담은 투명플라스틱음료컵에 담가 뿌리를 내렸는데, 너무 웃자라 윗부분으로 다시 잘라 다시 물 담은 투명플라스틱음료컵에 담가 뿌리를 내렸다 화분에 옮겨 키우는, 모기가 싫어하는 이유를 모르게 향기로운 로즈제라늄, 구문초라고도 하는 허브 한 분으로 생각하는 다시 또 하루가 있다

또 다시 하루다, 몸매 날씬한 투명한 탄산음료 작은 유리병에 물을 담고, 가지 한 줄기 잘라다 꽂아놓고 아직 뿌리를 못 본, 뿌리를 보고 싶은 홀리페페라는 낯선 이름으로 생각하는 또 다시 하루가 있다

도돌이 하루다, 다 죽었다 버리려다 혹시 하고 놓아두었는데, 흙 담은 투명플라스틱음료컵에 희미하게 꼼틀대며 다시 돋아나는, 사랑초 보랏빛 네 잎으로 생각하는 하루가 있다

아름다운 이를 생각하는 양과 때와 빈도와 주기와 일주의 특성이 그렇다
날마다 어떤 변화를 보이느냐를 적는 음계를 따라 생각의 내용과 형식이 달리 연주된다
내 아름다운 이를 생각하는 방식은 유리창 밖에서 흘러가는 계절을 배경으로 하는 생각으로 흘러간다
시간은 왼쪽에서 오른쪽으로 흐르고 화분은 오른쪽에서 왼쪽으로 눈의 순서를 정한다 눈 가는 순서는 날마다 순서가 변할지 모른다

내가 일곱 번의 아름다운 이를 생각할 때 내 뒤의 복도를 지나가는 사람은 방안의 아름다운 이를 생각하는 뒷모습

을 보며 말할지 모른다 그 사람이 내가 아름다운 이라 할지라도,
혼자 심심한 모양이지?
아름다운 이를 위하여 일주의 나를 거행하는 형식이 이러하다

2. 中

물 수에 혀 설과 천 개의 입에 관하여
—3월 22일, 세계 물의 날을 생각하며

1
용해도가 커서 물질을 잘 녹이고, 비열이 커서 열을 잘 저장하는 등등 여러 가지였는데요
제게 가장 흥미로웠던 것이 4°C일 때 비중이 가장 크고 얼음이 고체인데도 물보다 가볍다는 것이었습니다
물이 위부터 얼어 부피를 키우기에 물고기들이 얼음 아래서 겨울을 무사히 났습니다
무거워 어는 족족 가라앉는다면 호수와 강물이 아래부터 얼음으로 다 찰 테니 얼마나 다행인지요

2
물은 생명이라 합니다 살 활活자를 보고 알았습니다 물 수(水, 氵)에 혀 설舌 말이지요
눈물이라니요, 어머니 아프실 때 알았습니다
사는 것이 혀舌에 물氵을 적시는 일이라는 것을요 혀舌라는 천千개의 입口을 가지는 것이라는 것을요
천 개의 입으로 어찌 같은 말만 할 수 있겠습니까 살기 위해 다시 혀에 물을 적시려면 말이지요

3

겨우내 얼었던 물이 풀려 가라앉으며 위아래 물이 섞이겠네요
바닥에 가라앉았던 영양분과 떠오르며 조류가 증식하기 시작할 겁니다
물의 날이 있다고 물의 날이 아닌 날이 있겠습니까만,
단상의 태극기를 보며 물이 생명임을 집중적으로 기억해야 하는 날입니다
물이 오염되었다고 합니다 부족하다고 합니다
살 활活이 물 수氵에 혀 설舌인데요 물氵로 혀舌를 적셔, 천千개의 입口을 가져야 사는 데요

시로 환경보건을 생각하다

"시는 인간의 눈물입니다."

내 아는 이에게 눈물 많은 시인이 사인과 함께 시집에 적
어 준 글인데요
뭔 느낌인지 바로 알겠더라는데요
둔해서이겠지요 내 선뜻 동의하기 어렵고 아리송해서요
곰곰 생각하다
혹 이런 뜻 아닐까 적어 보았는데요

"눈물을 통해서야 삶이 환히 보이듯, 시가 그렇습니다."

봄 햇살처럼 영어가 귀에 빽빽한 오후 마침 기후변화와
아시아태평양지역 취약 인구집단을 위한 환경보건에 관
한 국제 심포지엄 장에서 생각날 것이 무엇인지요 미안한
마음에
본업인 환경보건을 생각한 척 문장 하나 추가했는데요 글
쎄요 누가 알겠어요

“Through tear in eyes we can see our life clearly and warmly, as the same is poem which is another expression of tear. What do you think about environmental health?”

물고기 잡는 법

수면을 살핀다— 물고기를 믿는다
손을 물에 넣는다— 물고기에 미친다
물고기를 잡는다— 물고기와 하나 되라
그대로 몸을 꺼낸다— 수면을 살핀다* (햇살에 물결 눈부신) 물과 고기를 완성한다— 왜 물고기를 잡나?

*

수면이 내려가지 않았다고 손에 잡고 있는 물고기를 절대 의심치 말라

4차 산업혁명시대에 우리는 무엇을 하고 싶나

무엇을 하고 싶나 할 수 있고 해야 하나

상상하는 이여 실현하는 이여 명령하는 이여 창조하는 이여 선포하는 이여 명명하는 이여

아, 사랑하는 이여

갑진, 눈

창밖에 눈이 내린다 첫 문장으로
공중이 지상을 포위하고
우, 하강하는 눈송이
지상 목표의 목표 지상이다
진 내리고 미 내리고
채로 내리고 선한 생각으로 내린다
길이 법이다 대세,
무심히 서두는 발걸음이다
와중 구멍을 보았나
이리저리 몸 비틀며
저항 뚫는 눈 있고
걸음 늦추어
창문 안 기웃거리는 눈 있다
침엽수에 앉았다 들러붙는 눈에
가지를 옮겨 앉는
물총새 몇 마리 있다

바다, 충

어디로부터 모여 이 풍경 이뤘는지
하늘과 경계가 빛금으로 구분되는
바다 저 안에 배 한 척 떠 있다

가장 낮고 너른 무게 중심으로
용두암 앞 바다가 흔들린다

잠시 탄 배 누군가 속 울렁이겠다

끝없이 출렁이는 바다의
중심을 잡기 위해서다

하물며 마음은 어떠하실지

충이란 마음의 돛이 이와 같을 터
움직이지 않는 마음이라기보다
끝없이 흔들리며 중심( ) 잡는 마음

구멍
—변방과 중심

변방에서 중심을 욕망한다

중심도 변방을 욕망한다

더 중심이기 위하여

다시 변방은 변방

또 중심은 중심

어디 계신지

시 아닌 거기

까지 시

쓸 수 있어야

(써야)

시

(다)

쓰는 것이다?

돌 8
—발언하는 방법

돌 7[#]을 책상 앞에 써 붙이고
조금은 늦어도 좋으니
돌이 말하기 전에 말한다
말한 뒤는 늦다
돌 돌 돌 구르듯 말한다
돌이 말할 때는 가만히 듣는다
말할 때는 돌이 알아듣고
무엇보다 침묵하도록
또박 또박 말한다

돌 7
—침묵하는 방법

혼자 길 걷다 발에 차이는 돌 하나
평범하게 작고 둥글게 주워다
책상 위에 놓아둔다 의자 뒤 창틀 위도 괜찮다
돌이 말 시킬 때까지 기다린다
앞에 서건 뒤에 서건,
말할 준비를 단단히 하고

돌 2

돌 몇 개 주워놓고 본다
길가에서 돌이 둥글다
할 말이 없다
돌무늬가 범상하다
편하다 그냥 돌이다
하룻밤 새 그냥 어울린다
특별한 것이 뭔가
돌이 돌인 것!
얼마나 단단한가

계묘 아침

눈 뜨기 전
우주 바다 속
뛰는 맥

음양의 실올 무진
태극으로 돌며
커

눈꽃 핀 태백
밤새
운 새벽

동트는 마음 심
솟는 핏덩이

갑진, 새 아침

거실 창밖의 뜰에 참새가 왔다
관목의 경계를 한참 풀고
잔디에 내려앉는다
저 새가 직박구리다
멧비둘기가 왔다
머리를 땅에 박으며
모이를 쫀다 조용히 분주히
까치가 오자
참새가 일제히 날아
밥풀떼기와 조팝나무군락으로
몸을 피한다
뜰 공기가 팽팽하다
겨울 아침마다
그 새,
햇새가 있다
조 한술로 청한,
비단강 안개가 걷힐 즈음이다

수소 귀족주의

나는 탄소중립, 넷 제로 시대를 맞아 수소 귀족주의를 말하고 싶다

수소는 생성방식에 따라 색깔로 구별하니, 너는 지구를 위하여 인간을 위하며, 탄소를 얼마나 덜 배출했나?
족보가 드러난다

브라운수소가 갈탄이나 석탄으로 만들어진 수소이니. 탄소를 많이 배출했다

그레이수소가 부생수소, 화석연료를 사용하는 생산공정에서 나오는 부산물 또는 천연가스를 개질하여 만든다, 역시 탄소를 많이 배출한다

블루수소가 배출한 탄소를 다시 포집-사용-저장*하니, 탄소를 덜 배출한다

그린수소가 화석연료가 아닌 신재생에너지**를 이용, 물을 분해하여 만든 수소이니
탄소를 배출하지 않는다
습생이 귀족이다

2050년 지구 기온? 상승을 1.5°C 이하로 유지하기 위하여
누구나 다 하지는 않는?
책임을 다한다

누가 귀족이 되고 싶지 않은가, 지구의 나여!

* CCUS(Carbon Capture, Utilization & Storage)
** 재생에너지인 태양광, 태양열, 바이오, 풍력, 수력과 신에너지인 연료전지와 수소에너지를 말한다.

C

탄,

검은 피부 하와이 마우나로아

℃의 심장보다 백 배 더한 40,000ppm*,

고농도 능소화 넝쿨로 자고 싶은 잠

살 활 살 활 속 타는 몸

타는 목 축이어 다시 태우는 산 음료에

탄,

나의 가난은 당신으로 비롯되었으니

나 당신으로 부유한 이제사

당신이라,

검은 바위를 태우며 휘감아 오르는

청동기 이전부터였을까? 현의 도가 짚어지자

탄,

화상에 상기된 지구의 얼굴

당신의 여름 숨결

나의 검은 속 다 타도록 능소화 피고 지고
오 내 푸른 핏줄에 붉은 꽃 태우며
철 철 한철 가네.

탄,

* parts per million = 100만 분율

태양광발전소*

지금 검은 저 짐승이 무례를 범하고 있다
너른 영역으로 비스듬히 누운 자세가 불량하다
파충류 등딱지 같은 많은 입을 벌리고 있다
윗분 도량에 입 벌린 만큼 먹이를 주시나
위아래 턱이 맞지 않아 조금 먹고 많이 흘린다
지나치다 싶게 초식의 접근을 불허하는
철제 이빨로 윗분 보시기에 놈이 위험하므로
두 팔 들어 찬양하는 나무의 자세를 강제해도 좋겠다
설명 없이 지나간 바리깡의 자국처럼
밀려 버린 수풀과 나무들이 얼마나 겸손했나
입 막고 배설 없이 뒤에서, 할 일을 했나
그린으로 그린을 미는 그린 보다
나는 나뭇잎 푸른 진화의 말을 믿는다
저 자세로는 오래 버티기 어렵다
순하게 먹고 싸고 잘 자세가 아니므로
시간의 허리를 펴서 잘 달래야겠다
구강과 항문이 청결한 진화를 꿈꾸면 좋겠다

머지않아 걸어 내려오리라 산비탈에서

발 헛디뎌 미끄러져 구르지 않기를,

여름 활엽을 거쳐 겨울 침엽의 모습으로

햇살을 엽록의 이빨로 알뜰히 씹어

갑각 속에 정신의 살을 찌운 꽃게처럼

새로운 종으로 광명과 사철 대화하는

아기침엽수가 산마다 자랄지도 모르겠다

* 탄소중립을 위하여 온실가스 배출 없이 신재생에너지 전기를 생산하는 태양광 발전소가 중요하다. 다만, 숲이 적당할 것 같은 땅에 들어선 태양광발전소가 보기에 위태하고, 안쓰러운 마음과 함께 잠시 그린 워싱(친환경 위장)적 요소는 없나? 생각했다.

신풍리 대기환경측정소

개펄이 드러나 있다 여수의 신풍천이 바다로 드는 하구에
작은 고깃배 몇 척 펄에 발 묶이고

건너편 산단 석유화학공장의 플레어스택에서 휘발성 유
기화합물의 불길이 솟는다, 사라진다
환영처럼, 해가 지나 뜨나 달이 뜨나 지나

농촌형 현대 카페일까, 검은 철판 외벽에 창문을 낸 현대
식 이층 건물이 있다.
옥상에는 태양광패널을 설치하였고, 필로티는 주차장이다

이 층 방에는 반투명 커튼 뒤에 보이지 않는 것을 지켜보
시는 이 있다,
해인삼매에 드신 유아독존이 이리 미동이 없을까

멀찍이 서 있는 자세를 보아 고승이 머무는 암자일지도
모른다 생각한다
농촌을 등 뒤로 하고 앞에 나서 좌정하신 이 누구신가

보이지 않은 허공과 흔적을 지우는 바람과 풍문 이전의 소문을 보시는 이,
받드는 이가 가끔 와서 살피나 공양의 흔적은 없다

마을로 바람이 불어 산단에서 유해한 물질이 함께 날아오면 눈물로 하셔야 할,
경계의 법문이 있겠으나, 다행히 최상의 무설 법문을 듣고 가나,

신도가 주민이나 신도를 모르고
지나쳐도 흘끗 볼 뿐 암자를 눈치채는 이 없다

BOD*

그대 없이는 못 살아,

위험할 수 있다

나를 바치겠다는 고백

기브 앤 테이크,랄까?

먼저 생각할 것이

오래 지속 할 수 있을까

부디, 지나쳐

고갈을 부르지 않기를,

내가 믿는 것은

나를 던진 그 만큼

구할 수 있는 당신이다

* Biochemical Oxygen Demand(생화학적 산소 요구량)로 유기물이 호기성세균에 의해 산화(분해)될 때 필요한 산소량이다.

꽃시를 줍다

길가 덤불 속에 반짝이는 것 다가가 보니
투명플라스틱컵 손을 뻗어 겨우
닿을 듯 말 듯 한 거리다
많은 사람이 지나갈 때
누구의 차가운 손가락을 기억할까
저 컵에 흙 담아
소중한 분 가꾼 적 있네
주우려다 문득
제(?)자리 놓아두어
햇살에 나뉘고
작은 씨 되어 꽃 피었으면
왜 안 필까, 주워
싸리, 벌개미취, 패랭이, 분, 달개비
처럼 언젠가
꽃피었던 기억,

백령도[*] 안개[**]

**

백 리 안개가 바다와 섬을 덮는다
한 발짝도 벗어날 수 없다
여객터미널이 붐빈다
그제 본 얼굴이 어제 본 얼굴이고
오늘 다시 보는 얼굴이다
들어 온 배는 나가지 않고
나간 배는 들어오지 않는다
왕래의 길을 트기 위하여
미루어지는 시간 미끄러지듯
배가 쉰다 객이 쉰다
일이 쉰다
잠시 금기가 된
몇 시 출항을 묻는 말,
들판에 하늘하늘 코스모스
섬에
묶였다

*

흰 깃 하늘 새

난생의 시간

죽지 안

깊이 알 수 없는

꿈에

핀 꽃

콩돌해변에서

얼마나 많은 말들이 오갔을까
끝없이 밀려오고 나가는 파도와
입이 귀로 닳아 없어졌다
하늘에 구름 모이고 흩어지는 사이
듣고 새기고 흘리고 지운
수없이 많은 모양과 무늬와 속의
흰색 회색 갈색 적색 청색도
어디 꽃 같은 마음뿐이겠나
상처도 유리조각도
둥글다 보석으로
화엄이다, 억년의 일대사 앞두고
콩알이다 심쿵, 앗
맨발바닥으로 들리는 마지막
남은
마음 심자
의 첫 획 같은 돌이다

사곶사빈에서

해변에 물안개가 피어오른다 흰말 떼가 밀려오는 듯
편평하고 너른 오후를 먼지 없이 쓴다
발자국도 빠지지 않고
밀물이 들었다 빠지는 선까지 나가
까맣게 입 닫은 조개처럼 허리를 숙인 사람들이
작은 구멍의 흔적을 찾아
조개를 캐낸다
파도에 길게 풀린 미역줄기가 떠밀려 다닌다
(어느새 채취를 마친 사람들이 갈고리나 호미를 들고
바구니를 들거나 끌고 돌아간다)
모두 구멍으로 통하고 걸린다
어느 틈을 보셨는지
갈매기도 섞여 종종대며 한 입 거든다

덕적도 가다

여객선이 인천항을 떠나기 위하여 뒷걸음 할 때 속이 비
장한 짐승의 울음소리가 난다
스피커의 낭낭한 안전을 위한 안내방송이 여객실을 채우고
엔진소리가 배의 속도를 높인다 무거운 몸으로 이륙이라
도 하겠다는 듯 심장이 벅차다
터지면 날으리 터져 날으리 목청은 터지지 않고 바다의
활주로를 미끄러진다
갈매기는 어디까지 나를 배웅할까
바닷물결 위에 간간히 그어지는 배의 칼자국이 길게 아문다
여객실 의자에 혼자의 사람들이 몇 명 앉아 있고, 대부분
은 방바닥에 띄엄띄엄 몇 사람씩 앉거나 누워있다
가족이거나 친구이거나 마스크로 거르는 어떤 이야기들
이 배의 엔진소리의 틈에 데시벨을 채우는지
잠시 불어 놓은 긴장의 자세는 모두가 각자의 섬에 닿을
때까지는 유지될 터이다
안개가 수평선을 지우고, 뒤에서 바다와 하늘 사이 어떤
교육이라도 있을지, 창밖에 물방울 흐른 자국이 사선으로

나 있다

한참을 지나 길게 드러나는 섬의 평화 끝에서 조금 떨어져 소박한 외로움을 만난다

바닷물결 위를 팽팽하게 나는 갈매기가 시야를 벗어날 때까지 등대가 지켜보고 있다

덕적도에 오래전에 일로 가본 적이 있다

배 바닥에서부터 나는 소리 에너지를 귀에 단 채 박도 없이 되돌아 나오는 여정의 오늘도, 섬의 표정이 데면데면할지도 모르겠다

어느새 한 번의 만남으로 영원의 만남에 이를 수 있는 계절,

언젠가 덕적도와 시로 만나길 바란다 푸른 바다의,

3. 眞

그는 말이 없었다

무심히 지나쳤으면 잠든 줄 알았을 것이다
그의 어깨에 낙엽이 뒹굴고 있었다

그날 그의 눈이 달리 깊어 보였다
다할 때까지 뭔가 그럴 것 같았다
그는 다만 말이 없었다
시선을 둔 곳을 알 수 없었다

통각이 없다는 물고기가 있기는 할까
살 다 베이고 뼈와 가시로 헤엄치는,
내장 내 흘려보낸 듯
그도 멀리 떠나보낸 듯

다가가기에는 발소리가 너무 컸다
그는 그의 너도 아닌 그의 그와 같았다

자는 바람이 더 겨울 바람인 날
햇살을 투명한 켜로 쌓듯 빈자리가 되어
큰 나무 곁 허공의 바위 귀

듣고 있는지 새소리
저문 숲에 퍼지고 있었다

백우( )

흰 새 하늘 날아 오르며

속( ) 벗어 몸 빼어낼 때

깃 털어 우수수

이승 가득 흩뿌렸다

저 푸르스름히

황홀한

알몸! 펄펄

하얀 꽃잎 속에,

우주구멍

되돌아보니 우주가 빠르게 움직였다
안과 밖의 많은 일들이 독립으로
보이는 연결 동작으로
나를 마취시키고
어린애를 삼키곤 했던
너른 얼음판에 숨어있는 숨구멍처럼
누군가 세상을 빠져나가는 일순간
(의) 구멍을 냈다
들어오는 구멍이 들어오고 나서야
하나였던 것처럼
나가는 구멍이 보이지 않는 도처,
나간 뒤에 정해진다
(그 사이에서 미리 정해진 구멍을
들고 나는 것을 삶이라 해야 하는지)
그 누구를 시공에서 보내기 위하여
(또한 어디선가 받기 위하여?)
우주에 울음이 가득하나
깨어나니 내게서 시작된 우주였다

결혼과 자유의 기도

사랑하는 이께 기꺼이 구속되는
삶을 서약과 같이 바라니

우리가 자유를 포기하는 타당 절실한
이유는 단 하나, 더 큰 자유

기도하시는지? 유혹을
거부할 자유,

안긴 품이 더 넓은 이치,
당신을 마음껏 사랑할

자유

아무 일 없어요

아무 일 없어요 아무 일 없었어요
그리고, 아무 일 없었고요 아무 일 없을 거예요
엄마 아무 일 없어요

성당, 카페 대건을 그리다,에서

세종에서 축성 받으러 성당 왔어
네 세례명이 레오나르도라는 걸 알았었는데 언제 잊었을까?

카페 대건을 그리다,에서 네 어머니와 함께 커피와 케모
마일차를 마시며 신부님을 기다리고 있어
카페가 넓고, 현대적이고, 조용하고, 미적으로 편안해
크리스마스트리가 장식되어 있고
캐롤송과 종소리가 들려
좋은 날들이 알고도 모르는 채로 흘러갔네

어머니가 성당 모임일 하시는 분에게 연도 미사를 물어보고,
냉담 중이었는데 성당에 다시 부르셨다고 눈물을 흘려
음악이 조용하고 좀 떨어진 구석 자리에서 하는 이야기
소리가 가볍지도 무겁지도 않아

아직 신부님을 기다리지만
나무 십자가와 묵주를 만지작거리며

네가 거기서도 늘 해맑고 평안하길 기도해
마음 가라앉히고 축성 받으면 네게로 출발할 거야
시간이 따뜻하게 커피 한 모금씩 그렇게 흘러 넘어가고
있어

아무 일 없었던, 아무렇지 않았던 모든 순간들이 너와 다
연결되어 있었음을 느끼며

제천 늦게 왔네

"처음이신가요? 아, 먼저 회의 때 와 보셨죠?" 그 회의 진행한 분 묻네

"그날 일이 있어 못 왔어요." 대답하니 "아, 그날이었지요, 그랬네요." 하네

제천에 왔네 청량리에서 KTX 이음으로 1시간 남짓, 원주에서는 15분 좋아졌네

오기로 되어 있었지 11월 26일(금), 회의가 있었어 퇴임 앞둔 분 신축 건물도 보여준다 했고

왔어야 했는데 그날 제천에 왔었다면, 그 전날 아무 일 없었던 건데 오늘이 늦지 않은 건데

이제 왔네 12월 12일(월), 달 바뀌어 개원식 하는 날 오늘도 날이 좋네 이리 날 좋은데

치과병원 집중치료병실에서

이슥고 삶의 언덕에 이르렀나
왼쪽 아래턱뼈를 도려내고
남은 턱을 재건했다 전신마취에서
깨어 진통으로 이어지는
주사바늘과 플라스틱 튜브와 호스의
주머니에 매달린 결박의 시간
길이 남루의 완성으로 향함이다
(약식이 한 구멍 호스로 주입되고
검사용 혈액이 채취되고
수술 상처에서 나온 피가 차면
주머니가 비워졌다)
사는 길들이 몸을 들고났다
하여 허공에 쓰는 글씨를 알아채는
묵언과 짧은 글에 마음이 갔으니
말이 절실한 끝에 처하여
반쪽 턱으로 더,
두 번 씹으라는 말씀

종일 풀 뜯는 초식도 좋겠다

위에 넣었다 되새김질해야겠다

하다 하다 발효되어

한 말 술이 되어도 좋겠다

대사

큰일 하고 산다 요즘,

거르지 않고 도 닦듯

먹고, 싸고, 잔다 잘!

없이도 더할 나위

없이 완벽했으니 나,

하는 작은 하나도

큰일이었으니

더 어디 있나?

몸에 처해,

큰일 아니면

제친다 이제

사소하게

큰일,

대화편

초파일 아침 늦게
방에서 나와
"비 와?"
"많이 와."
"어, 비 오냐고?"

거실 창밖에서 보고 있던 관목나무가
창문에 붙은 달팽이 옆으로 가지를 뻗어
초록 이파리를 바짝 대고 듣는다

(그 뒤로 비 맞는 나뭇잎에 빗방울 고이고
은빛 어느새 굴러
떨어진다)

감자

너의 증조부 돌아가신 날
더웠지 장삿날이 초복 전날,
칠일장으로 지냈어
사는 사람은 사는 만큼 더 했지,
대문 앞에서 관을 짰어
비쌀수록 좋았지
나 이만큼 산다,
미리 소나무 잘라다 말려 두셨어
(공직생활을 하셨지
글도 있고 교제가 넓으셨고)
일가친지들 멀리서까지 다 모이고
이리 저리 동네 사람 다 모였지
그때 비닐이 있었나
시신 썩은 물이 흘렀어
냄새가 심해서
상여꾼들이 쓰러지기도 했다고,
모두 손으로 했던 시절이었지

남정네들 산역이야 그렇다고 해도
음식 해 대는 일,
할 말이 많지 텃밭
감자 다 캐 반찬으로 썼지

박을 깨다

장례식장 나서 이른 아침 장지 가는 길
당숙이 집 들러 노제상 받고 길 떠나는 시간
마지막이 길 어디에 있기는 한지
상주가 대문 앞에 엎어 놓은 바가지를 밟는다
쩍, 바가지가 박살난다
둘째가 지도사에게 묻는다
미련 없이 떠나라고 깬다, 한다
헛손질할 그릇 깨어져 산산히 부서졌나
다시 와 마실 일 먹을 일
(맘에라도 한 점) 담을 일 있겠나
말 대신 바가지를 깬다
그뿐일까, 말 없는 많은 말이 쏟아졌나
다만 한 동작으로 깬다 부순다 깬다 깨어난다
놀란 소리에 깨어나 곡도 잠시 놓고 (실상을?) 혹?
그것은 아닐까, 할喝과 같아서 세상 헛꿈,
확 무명을 박살 내고 깨달으라는 염은 아닐지
또한 망상이라도
사자를 빌어 산 자에게?

어떤 이유로 나를 안심시키나

1

바쁜데 뭐 하러 또 왔어 나 괜찮아 잘 지내 잘 먹고 잘 자나 맛있는 거 많이 먹고 올 게요

내가 막내라서 대장이야 더 어린 사람은 제 정신이 아니라서 아무 말도 못해 다들 노인네라 움직이지도 못하고 심부름도 해주고 그래

원장님이 애비 친구라서 신문도 보고 갖다 줘서 보고 마당에 내보내 줘서 풀도 뽑고 그래

둘째 일 나간다는 데 가서 밥 해줘도 되는데 사위가 척추에 철심을 박아서 내가 가면 편하겠어? 나는 허리가 굽어 그렇지 아프지는 않은데

둘째가 언제 왔다 갔니? 어쩜 기억이 안 나니

나보고 집에 가라고 해서 아들 딸 사위들이 돈 잘 벌어서 여기 돈 많이 갖다 주니까 밥 많이 먹어도 된다고 했어 심술부리면 나중에 이를 거라고

저기 살았었지 아파트에, 건물이 변하지 않아서 다니던 기억이 나

좋은 거 안 먹어도 돼 얼굴만 봐도 좋아 얼굴 보는 게 제일 좋아
나 손 씻었으니까 손으로 찢어 먹을 게
나 배불러 이것 갖다 먹어
장미가 예쁘지 않아 막 필 때가 예쁜데 다 시들었어
어머 어머 이 옷들이 있었네 어디서 찾았어 오래 됐는데
애비 환갑 때는 모여 밥이라도 먹는 거지
원장님에게 환갑 축하한다고 하니까 자기는 나이가 많대
애비 친구라서 잘 해줘 나가서 뜰에 풀 뽑으라고 해서 싫다고 했어 앉아서 해야 되는데 옷에 흙도 묻고
에미는 어때? 수술 잘 된 거지? 나는 오래 살았으니 에미가 살아야지 걔 없으면 애비가 걱정이야
며느리 환갑까지 살면 똥통에 빠져 죽는다는 말이 있었는데 요즘은 오래들 살아서
먼저는 와서 약만 주고 말도 안 하고 가서 애비한테 약간 서운했단다
약 혼자 먹을 수도 있는데 밥 먹으면 먹으라고 알아서 챙

겨 줘 약이 어떤 때는 달라
잘 자야 되는데 잠이 안 와서 보면 잠 자는 약을 빼먹었지 뭐야
옷 필요 없어 많아 집안에 있는데 뭘
고기 많이 먹고 왔어요
집에 가려면 먼데 일찍 가

(2
내게 미안한 것은 미안하다고 말하는 것이라기보다 참고 오히려 견디어야 하는 것이다)

3
칸칸이 좁은 방이 어두웠다

하얀 뇌 안에 붉은 장미가 피었다

남행열차

요양원 거실 창밖이 이리 멀었는지, 오랜만에 뜰로 나오
셨다
휠체어에 앉아 가만 보신다 막내딸을 기억하지 못하신다
유월 햇살에 나뭇잎 푸른데 장미꽃 붉은데
가까이 사는 아들 하나 기억에 꽉 잡고 계신 것 같다
어떻게 오셨어요? 고맙습니다 하신다
이름까지 말하고서야 알아보시긴 한 것인지
딸이 혼자 말을 하고 시킨다
엄마 보고 싶어 왔다 잘 계셨냐 휴일이라 왔다
얘기 들으시다가도 어떻게 오셨어요? 하거나
고맙습니다 하신다 찾아오는 모든 분이 고맙다고 하신다
오랜 척추 협착의 통증은 잠시 잊으셨는지
그때 하셨던 노래 기억하냐고 물으니 남행열차를 하신다
오래전에도 아셨겠지만, 요양원에서 배운 남행열차다
비 내리는 호남선에서 시작해서
그때 만난 그 사람은 그대 만난 그 사람으로
만날 수 없어도 잊지는 말아요 다음은

당신을 사랑했어요 대신 목소리를 낮추어
여러분 사랑합니다, 현재형으로 마무리하신다
듣는 이마다 잘하신다고 박수를 치기 때문일지도 모른다
말이 끊일 때마다 턴테이블의 반복이 몇 번 계속된다
꽃 가꾸던 예전 집 물으니 다 기억난다고 하시지만
이제 남행열차 외에 기억에 별로 없는 것 같다
몇 해 지났지만 굳세어라 금순아가 레퍼토리에 있었다
영도다리 난간 위에 초생달만 외로이 떴다 마무리 분명하셨는데
코로나 뒤로 몇 년 가까운 밖으로도 모시지 못했다
이제 외출이 어려울 것 같다
무릎 위에 두 손을 꼭 잡아 손 떨림을 감추시려는 것을 보면
본능적인지 아주 정신이 없으시지는 않을지 모른다
멀뚱히 함께 서 있는 사내가 궁금했는지
그런데 같이 온 분 누구세요? 조심스레 묻는다
사위라고 유 서방이라고 기억 안 나시냐고 손잡아 드리니
고맙습니다 손이 따뜻하네요 하신다

하늘에 구름이 흘러가고 바람이 자는 듯 팔뚝을 스치고
시간이 흘러 차 시간이든 밥 시간이든 때가 온다
이럴 때 우리는 하던 일을 마친다

매원에서

매화꽃 한창
이런,
딱 좋은 날이다

멀리,
친구들 부르리라

홍매

백매

수양매

뜰 가득,

울

댓잎 소리

(Da capo)

서둘러 오시게 상 차려 놓네

술 한 잔으로 보내기 아쉬운

매화꽃 피어 매화꽃 곧 지니

꽃에 취해 술에 취해

술 한잔 없이 견디기 힘든

텅 빈 가슴 환장할 봄

꽃에 취해 술에 취해

날 저물고 밤이 깊어

一*

죽지 못해 사는 사람
살지 못해 죽은 사람

죽어서 산 사람
살아서 죽은 사람

살아서 산 사람
죽어서 죽은 사람

* 一

산벚나무
—외나무다리

수리산 비탈에서 개울 건너편 바라보다,

오래 바라만 보다

바람이 불어,

중력에

온 힘 보태

넘어졌다?

건넜다

외나무다리가 되었다

울릉도

해국

사라지는 것을 보러 사라지는 끝까지 왔다

보이지 않는 것이 없는 것인가, 찾는다

사라지는 것이 사라지고

사라진 것이 사라지지 않는다

한 발 한 발 쉼표처럼 마침표를 찍으며

바위 절벽을 오르는 해국을 질러

태하항목 모노레일이 올라가다, 선다

고개를 돌려보니

바다에 진 친 고깃배 해전을 치르는

동해가 내가 온 서쪽이다

관음도

멀리 관음도 보며

관음에 들면 관음을 볼 수 없다, 생각했다

와 보니 알겠다

관음쌍굴이 아니고 방사상 주상절리가 아니고

사방 바위 해안에 부딪는 파도가 소리고 따라가니, 소리
가 파도다
소리가 풍경에 풍경이 소리에 잦아들 때
휘영청 바다에 달 떠오를 터이니
귀항하는 오징어배가 파도 아니 만선에 취했나, 흔들흔들
출렁출렁
뽕짝을 춘다

성인봉

섬 한 바퀴 다 돌아도 보이지 않는다
(어디선가 조금은 보인다는 설도 있다지만)
올라가야 보인다

붉은 동백을 수목장으로 기억하다

동백을 장사 지냈네 꽃 봄 붉었네 꽃 지고

잘 자라 꽃봉오리 맺고 베란다 한겨울을 났네 웬일, 꽃 못 피우고 봄, 여름 잎이 반짝였는데 이파리 떨어졌네

더 늦기 전? 아침 결심했네 작은 삽 하나 빌려 화분을 밖으로 안아 옮겨 거실 창밖 잔디를 파내 거사를 행했네

뿌리가 꽉 잡고 나온 마른 흙덩이를 보고 이미 알았네 (나는 속으로 단단하게 무엇을 움켜쥐고 사는지)

혹 미련이 남을까 내다 심은 것이 아니라고 장례 지낸 것이라 했네 늘 바라보던 창밖이 갈 곳이라고

이제 건넜다고 가을 햇볕에 바람 부네 이파리 없이 마른 가지에, 거실에 길게 든 옆 나무의

잎이 손그림자로 흔들리네

울릉도에서 나오며, 크루즈 갑판에서

1

길을 나서 내 모습 비로소 본다 떠나기 위하여 드는 섬이
다 배가 길게 길을 지우며 떠난다
배꼬리 양쪽의 굴뚝에 가려 한참을 나가도 수평위로 긴
섬을 한 폭에 담기 어렵다
섬이 멀리 모습을 보여주고 바다의 화폭으로 섰다
바다와 하늘로 천지를 양분한다
팔방의 둔각을 지우며 둘러보아도 시야가 바다일 때 망막
이 막막하게 바닷물이 많다
하늘아래 바다가 가득하니 수평이 좋다
바람은 바다위에 가득하고 배가 일으키는 바람이 배 위를
훑고 지나간다
기다란 섬의 폭이 크루즈 선미의 (굴뚝사이의) 폭보다 작
아졌다
길을 나섰다 돌아오는 배가 멀리 본 섬이 이와 같았을까
마중의 시작이 그러하듯 배웅이 보이지 않는 곳까지다

바다에 돌아설 모퉁이가 없으니 정처럼 길다
섬의 색이 바래고 능선이 부드러워지다 희미해진다
멀리 배 한 척 흰 물새처럼 섬을 가로지른다
수평 위 하늘의 영역에 섬의 전신이 음광陰光으로 빛을 거둔다
배가 섬을 한 일자 길게 자크를 잠그자 섬이 무광으로 배경에 든다
문득 신비의 전설이 태어났나
섬을 다만 배가 지우는 흔적의 방향으로 볼 때 하늘과 경계를 긋는 수평선이 또렷이 빛난다
섬이 이 백리 밖으로 잠겼다 어쩌다 배가 나타난다 사라진다
둘러보니 원의 수평선 안의 바다에 서 있다
생에 제일 큰 바다를 가진다
시속 35km로 두 시간 반 넘어 건설한 반경 100km의 원형 씨풀이다

바다의 피부가 원유처럼 반짝인다
갑판의 사람들이 선실로 들었다
떠나기 위하여 드는 배다
뱃머리 앞으로 한 시 방향에서 빛길이 은총처럼 열렸다

2

배가 당도하기 위하여 나아가는 저녁 노을 쪽
멀리 높은 키를 낮추어 늘인 듯 뭍이 한 시야에 담기에 길다
군데군데 사람들 사는 곳에 빛이 모였다
상현달이 노을 위 갓 자란 손톱 틈으로 너머의 세상을 예
고하고
밤빛이 멀리 밝다 반지름이 얼마나 될까
바다로는 띄엄띄엄 뭍으로는 촘촘한 빛들이 이어진 점선의
원 중심에 내가 섰다
엔진소리가 점점 크다

밥값

밥값은 하고 살아야지,

했다 시간이 흘렀나

열심히

밥값 비싸져

내게 다시 말하니

그 자리에 있는 것

살아 있는 것

다

밥값이네

몸국*

그저,

한 그릇에 담았습니다

* 제주 우진해장국집에서 고사리해장국과 함께 대표 음식으로
돼지사골육수에 모자반(몸)이라는 해초류를 넣고 끓여냈다.

시인이라는 말

세 번째 시집을 엮다, 빛이란 단어를 떠올린다.
첫 시집이 긴 설렘이었고, 두 번째가 잠시의 치기였다면,
휩싸임도 아니고, 그랬다면
이번은 무슨 구실인가? 질문이 길다.
왜 시집 내세요?
(오래전 그림 그리는 선배의 전시회에서 어떤 이의 질문이 아마 이와 같지 않았을까?)
내게는 몇 년 산 정리의 의미가 있겠으나,
고맙게도 누군가, 시로(?) 읽어줄 분의 고통을 대신할 수 있을까?
무슨 말을 하고 싶은지? 뭐가 새로운 것인지? 보여 준다?
거리가 멀다.

새에게 나는 것이 가장 힘들다면, 시인에게는 시가 가장 힘들다.
그것이 삶이라면 가장 힘들다. 나는 것이 진화, 시가 생존이다,

(그러기에 기쁨과 희망을 전제, 通한다.)

무엇이 시 쓰게 하나? 그렇기에 아마 결핍이다.

타자에게는 쉽게 보일 수 있다,

공짜 없다, 시 쓰다, 짓다 미치는 것이, 곳이 결국 시다.

치유 또는 보호의 방식인 염증이 그렇듯 만성이면 위험하다.

욕망일 수 있고 목표라도 좋겠다. 미래는 계획(감축)과 적응으로 대응한다.

현실과의 괴리, 그 사이에서 거리를 좁히기보다는

스스로 건너는 외나무다리* 로 시를 생각할 수 있겠다.

* 수리산 비탈에서 개울 건너편 바라보다, 오래 바라만 보다

바람이 불어, 중력에 온 힘 보태 넘어졌다?

건넜다. 외나무다리가 되었다.

결핍이야말로 절실이고 절박이고, 에너지다.

수소연료전지보다 도달하는 힘이 세다.

수직의 때에 가장 높은 분이 가장 낮게 임하시듯

수평의 곳에 변방은 중심을 중심은 변방을 욕망한다.
수직 Y에서 수평 X에서 그 사이에서 큰 결핍이 발생한다.
에너지가 구멍 따라 그래서 돌고 돌고 쌓고 쌓고
결핍을 생산하고
숨결 고른 Z Z Z Z

배부른 시인, 예술가, 철학자 왜 아니시옵니까.
호흡이 들숨과 날숨이다, 순서로 보면 첫울음이 날숨이니
먼저 비우고 시작한 삶인가?
찼으면 비워야 할 무엇, 소진이다.
들숨으로 다시 시작할 터다.
달이 차 기울 듯

4. 調

노량진鷺[*]梁津역에서

길 가다 새가 쉰다 길을 머리에 이고

날갯죽지에서 꺼내 잘 말리듯,

차이지 말고 길도 쉬라고

덧날까 잃을까

* 해오라기 로(노), 백로 로(노)

가을숲에서

더 내줄 게 없을 때 내주는 것이 다 내주는 것이다
가지와 나무 다 내려놓는 낙엽 한 장에
받은 것 없이 다 받는다
잘 계시나 말없이 묻는 안부같다
누가 다가오고 멀어져가나
거리가 숨을 가다듬는다
숲에 환한 자리 나고
나무의 빈 영토가 가꾸어진다
가을이 평안하다
서로 바라보기 때문이다

산벚꽃을 기록하다

1

연둣빛이 잠시, 초록 짙은
우울이 잎의 영토를 넓히리라
햇살이 따사롭다 꽃 잔치도 끝 무렵

2

아름드리나무가 길게 드러누웠다
바람을 핑계로, 벌레에게 속 다 퍼주며
버티던 밑동을 꺾고 쓰러졌다 온 힘 다해,
쉬는 숨결의 가지에 산벚꽃이 핀다

노랑어리연꽃

1

호수 하늘이고 하늘 호수이고

잎배 구름이고 구름 잎배이고

흘러 머물고 머물러 흐르고

꽃 그림자이고 그림자 꽃이고

2

소금쟁이가 어떤 생각으로

은박하늘에 발자국을 찍는지

心心! 잔잔하게 어리연꽃

아침햇살에 잠시 파문인 듯

어리연꽃보다

꽃 보다 당신 생각난다
꽃보다 당신 생각난다
꽃 보니 당신 생각난다
꽃 보면 당신 생각난다,
아니 아니 아니시리오
당신 생각나 꽃 본다

진달래

정상이라야 맛인가
아직 한참인데 급하시긴
삼부 능선 바위 뒤서
엉큼한 수작,
내 놓고 한 병
꼴깍 꼴깍 맛있다
몇 병의 마음 숨겼을까?
봄산, 열꽃 피어
일제히 붉다

매화사
—고매

저 스님
출가 사유가 매화꽃이었던가

매화가 맵다, 징징대던 날
참회의 연실 눈물을 닦고 서야

매화사 봄 마당에 환하게
무심으로 하는 꽃 구경이다

잠시 매화 향기 삼매경 드시니
비우는 것을 몸으로 삼아,

어찌하지 않고 늙어서도 꽃피는
고매의 뜻을 짐작하겠다

나다*

나의 빈자리가 나다

나를 끌고 다니는 나다

나보다 더 가득한 나다

백 마리중 잃은 한 마리 양이다

나의 빈자리가 사라진다

나 가득히 사라진다, 나 사라지리!

한 섬 부족한 아흔아홉 섬

나를 보는 내가 나다

내가 보지 못한 내가 나다

내가 나다, 不二!

내가 당신이면 좋겠네

* nada

월정사

1

바람 잔 계곡물소리에 귀를 씻고

물속 맑게 비치는 돌 보며 눈을 씻고

단풍 타는 숲 향기에 코를 씻고

씻을 것 애초에 없는데

괜한 생각을 일으켜 씻으려는

마음 무엇으로 씻나, 생각하는데

술길 앞 문득 걸릴 곳 없는 허공을 지나

단풍잎 떨어지네

거기 그 자리 서 계신 이

물음표인지 느낌표인지 마침표 혹 쉼표인지

이름 석자 새겨 걸 곳 없네

확 월정문 열렸나

밤 깊고 긴 계곡에

달빛 가득 모으겠네

2

초입의 전나무가 육백 년의 무게로 쓰러졌으니
걸음 잠시 멈추고 내 무게를 대보는 것이다
앞으로 지나갔고 뒤에도 올 테니
사람들 무게가 합해져 하루 몇 번이고 육백 년 될 터이니
다 내주어 텅 빈 속 다 보여 주며,
한 번 더 쓰러져도
굳이 피할 일 아니겠다

3

내려놓는 거다 가라앉는 거다 둘이 하나다 또한 욕심
계곡물 나뭇잎을 흘려보내고 때 되어 가라앉힌
마음 모아 월정정토네

4

우리는 동떨어져 따로 존재할 이유가 없다,

또한 따로 존재하는 말 이어

다른 곳에 도착하려고 애쓸 필요가 없다,

또한 이미 한 발 떼어 거는 말

소용없다, 닿는 대로 숲길 걷다

돌아갈 길 잠시 잃는다

계곡물 따라 나뭇잎 떠내려가네

피양옥에서 냉면을 먹다

놋대접 바닥이 환히 보이는 육수와
적당한 굵기로 뽑아 가지런히 말아 놓은
메밀 면발이 어울려 담백,
잡스러움이 없다
젓가락으로 쇠고기 편육 한 점을 집다
대접에 뜬 보름달을 슬쩍 건드렸나
출출함에 단출함이 출렁인다
피난 와서
한겨울 밤중 냉면을 말던 며느리 마음이
어느 댁의 정갈한 샘물이었나
슴슴, 시원하다
뭔가 냉면정신에 충실한 맛,
(곁들여 만두와 녹두전도 맛있네)

한겨울 낮 카페에서 아이스아메리카노 커피를 마시며

나무 밑동까지 볕이 드는,

겨울 솔숲 지나

참나무 산비탈이 시작된다

겨우내 남아 붙어있다

가지에서 문득

떨어지는 갈잎 하나

섭리

평창역에서

서늘하다 서둘러, 너무 일찍 도착했다
동해 여름 공기와 다르다
고냉의 동계 역사로 잘 지은 현대 역사(다)
대합실이 크게 비었다
철제의자에 몇몇 휴대폰을 보는 사람과
긴 나무 의자에 가방을 베고 누워있는 사람이 있다
커피숍이 없고 편의점이 닫혀 있다
에스컬레이터가 사람이 있을 때만 자동운전되니
천천히 타라고 안내하는
방송이 가끔 적막을 깬다
전생이 있다면 간이역이었겠다
함께 온 사람도 일 없이
모두 혼자다
열차를 타기까지
시간이 시간 반 멈췄다

서라벌 소나무

소나무 몇 그루가 밀도 높게
아파트 공사장을 바라본다
경주 교외의 비스듬한 땅에
건물이 성장밴드를 높여가며
계속 키를 높인다
한 해가 다 지나 한겨울인데
어느 고도에서 멈출지
소나무도 뒷굼치를 들어
성장점을 밀어 올린다
천 년하고 그 천 년 전에
서라벌 소나무가
이리 키를 키웠을까
건물을 보고 크며
미래형을 살았을까
강당에서 겨울비 맞았나
내 성격이 일 년 지나
INTJ에서 INFJ로 바뀌었다

돌 9
—미소

참 많이 아는 만큼 참 많이 말하다
다 아는 만큼 이미 어리석은 이를
(우리 모두까지는 아니어도 경배하니)
말이 많다 말하다
또한 단 한 번에 한하더라도
어리석을 우에 빠지지 않으려
다만 미소로 돛배 삼아
우의 강을 표표히 건너가는 이의
뒷모습일지도 모를
돌의 무지 큰 말
침묵을 생각한다
혹 본 적 있으신지
그 속에 형체 없는
그 무슨 찌꺼기라도

태오 태리

1

클 태太 밝을 오旿, 해다

클 태太 이로울 리利, 달과 별이다

환하고 밝다

여름 햇볕에 벼를 키우고

가을 뜰 가득 벼를 거둔다

서로 뜻 어울리고

일 도우니

태오 태리

의지하여 넉넉하시라

2

아버지께 어머니께 아들을 딸을 안기는 것이 애초 의로우니

기뻐하여 할아버지가 할머니가 손자 손녀를 안다

잠자다 깨어 우는 것이 젖 먹고 트림하는 것이

방귀 뀌고 똥 누는 것이 기적이다

작은 얼굴 보며 가슴 토닥대니 이내 짓는

배냇짓 웃음이 천지를 들었다 놓는다

절로 할아버지 할머니 호칭을 얻네

따뜻한 가슴

그대와 함께 걸으면 나 행복해
그대와 잡은 손 따뜻해
우리 가는 곳 그 어디라도
따뜻한 그대 가슴에 닿네

계절이 가네 우리 함께
묻네 우리는 어디를 걷고 있나,

그대 말 없이 하는 말 나
듣네
내가 말 없이 하는 말 그대
듣네

음악가를 잠시 그리다
— 기타 2번 줄 트레몰로

붉은 궁전 정원에 분수물이 이어지고
길 멈춘 시인이 눈감고 소리 듣네

모두 떠나갔네 왕들도 병사도 백성도
모두 사라졌네 영화도 기도도 추억 속에

붉은 옛성 멀리 오늘도 찾아오네
나이 든 여행자의 이마 주름 노을 붉네

조율, 2023

이유가 없지는 않았다
방의 화이트보드 가운데
한해 한 자씩,

서( ) 충( ) 신( )에 이어
( )안에 락* 쓰고
물러나,

새로 든 방에서 몇 해
조율調律 두 자
올해 마음 心에 쓴다

다시 방 비우니
시공 팽팽하게
현의 음을 골라

높이가 맞고 어울리게

나를 연주할

늘 준비,

* 락에 도달하는 외길이 락이라 생각한다.
논어 학이편에서 공자께서 정작 열락을 강조하셨다?

겨울, 트레몰로

오, 세상에 아름다운 근거
오늘 오신 이 누구신가요
기쁨이신 이 환하신 이
누구신가요 사랑하는 이
봄눈 뜨려면 아직 먼 날
조용히 떨림과 감동으로
고맙습니다 고맙습니다
오래도록 고맙습니다

기타 연습하다

언제부터였나 힘 들어갔다
쓸데만 들어가지,
쓸데 없이 들어갔다
왼손 네 손가락의
의존이 심하다
서로 기대도 좋지만
자유롭기 어렵다
독립이 필요하다
손이 힘들고
탄주가 힘들다
느리고 거칠고 실수가 잦다
손가락들이
부드럽게 춤추어야 한다
요즘 전부의 연습은
힘 빼는 게 일이다
힘 빼는 게 힘들다

(마지막 시험이 기다림이다
모두 뜻에 맡겨 천천히 정확히
힘 다 빼고 나를 바로 견디는 일이다)

기타 연습하다 동영상 보다

기타연습의 생각이다
손가락이 지판을 잘못 짚어 계속 멈춘다
초급곡 하나 완주가 만만치 않다
다 이유가 있다 오랜 습관,
동영상을 본다 어린 연주가의
여린 운지가 부드럽다
잘하는 데는 이유가 있다
그럴 수밖에 없는,
손가락이 늘 지판 가까이에 있다
줄에 붙어 다니는 듯하다
높게 떼지 않는다
손가락을 적게 움직여
가장 가까운 거리로 이동한다
힘을 빼 꼭 필요할 때 쓴다
실수할 확률이 적겠다
실수하기가 오히려 더 어렵겠다
싹 고쳐야 한다 아주 사소한 버릇들
실수할 수밖에 없는,

주말 아침의 전투

무저항으로 싸우고 있다
힘 다해 싸우고 있다
배 등에 붙도록 싸우고 있다
장기전으로 싸우고 있다
자리 움푹하도록 싸우고 있다
시간 가는 줄 알 것이다
허기와 싸우며 싸우고 있다
침실 창밖 벚나무잎 푸르도록
신록 중천 싸우고 있다
일주일 피로와 싸우고 있다
피로할 만큼 싸우고 있다
며칠 일하느라 싸우고
하루 쌓인 그 피로와 싸운다
일어나야 하는데 유혹과 싸운다
싸움 끝날 기미가 없다
바위도 부서지지
않으려는 의지가 있다, 지

움푹 자리가 남도록 싸운다
시간과 싸우는 자
시간이 갈수록 허기가 질수록
몸이 무겁게 싸우는 자
자자, 일주가 길었다
걸은 만큼 길었다
주말이 자는 만큼 길다
창밖 새소리 들린다
아파트 소나무가 키를 키운다
요즘 애들 180m가 기본이다
높은 빌딩과 경쟁인가?

노래방에서 축음기 태엽을 감아 레코드판 잡음을 듣다

나 어떡해, 친구여 이제 기억나지 않는다
그날 무엇을 누구에게 외쳤는지
우리라고 우리를 부르던 노래가
중앙시장 끝나는 보세시장에서 구한
검게 물들인 군복바지처럼 충스럽지 못했다
기억의 어느 골목길,을 배회하고 있는지
다 한 노래의 목록을 어느 노래방에서 찾는지
더 냉각할 열정이 남았나 캔 맥주의 입가심으로
노래는 조숙으로 여태 성장을 멈추었다
기억나지 않는 노래가 기억나지 않는다
동백아가씨,에서 짚시 여인,까지
불순한 어린 시절의 음악 선생께 불순한 노래였다
버들잎과 연못과 이름 모를 소녀,와
오 오필리아 오필리아 냇물에 누워 떠내려가는구나
이제 벗을 것 벗고 편안해졌을까 늘어지게
하얀 나비,를 노래하다 죽은 가수를 기억한다
일찍 갔다지만 여태 남은 그 누구를 늦다 할 수 있는지

이제 부르던 노래를 잊고 집으로 가자
늦은 밤보다 이른 아침이 함께 거행하기에 뜨겁구나
이 어둠의 이 슬픔,에 차라리 묵언하자
왜를 묻는다면 갈 길이 멀다
생은 얼마나 스스로에게 가혹하기를 명하나
봄의 행진곡을 부른지 오래
시간이 다 되어 간다 노래 끝나기 전인데
베사메 무쵸,가 키스 미 마치,라던 이 있었다
이제라도 부를 노래가 남았는지 면벽의 제목을 살핀다
부끄러운 목청이라 차마 못했던
임은 먼 곳에,를 곡하고 여태 목청이 무리라며
내 하나의 사랑은 가고,를 다시 곡한다
노래방에도 하룻밤에 계절이 바뀌어 바람 불고 낙엽 지네
태엽을 감아도
이력에 늘 빠지는
나의 젊음은 부끄러웠다
오늘의 노래 목록은 어느 회소에 지워지나

갑진, 새해 소망

임께서 바라시는 대로
임께 한 걸음 더, 가까이
임 되기를

임을 내 안에 임 안에
매일 같은 기도가
늘 새롭기를

나의 악기를 새 줄로 갈아
음을 고르고
감사의 노래 부르기를

부디 바라니,
나를 사랑하시는 임께서
사랑하시는 대로,

나의 삶으로 임 사랑
나의 삶으로

六絃

하모닉스*

—## 세상의 모든 꽃들이 당신을 사랑하는 이유가 된다—

* 휴대폰 카메라로 QR코드를 대어 시노래 「하모닉스」를 들어보자.

따뜻한 가슴

♩= 76
D7
그대와
G D
함 께 걸 으면 나 행복 해 그 대와
C D7
잡 은 손 - 따 뜻 해 우 리 가
G D
는 곳 그 어 디 라 - 도 - 따 뜻 한
C D7 G
그 대 가 슴 에 닿 - 네 그 대 와
G D
함 께 걸 으면 나 행복 해 그 대와

C D7
잡 은손 - 따 뜻 해 우 리 가
G D
는 곳 그 어 디 라 - 도 - 따 뜻 한
C D7 G
그 대 가 슴 에 닿 - 네
C D G G D7
계 절 이 가 네 우 리 함 께 묻 네
C D G G D7
우 리 는 어 디 를 걷 고 있 나 그 대 와
G D
함 께 걸 으 면 나 행 복 해 그 대 와

C D7
잡 은 손 따 뜻 해 우 리 가
G D
는 곳 그 어 디 라 - 도 - 따 뜻 한
C D7 G
그 대 가 슴 에 닿 - 네
C D G D7 G
그 대 말 없 이 하 는 말 나 듣 - 네
C D G D7 G
내 가 말 없 이 하 는 말 그 대 듣 - 네 그 대 와
G D
함 께 걸 으 면 나 행 복 해 그 대 와

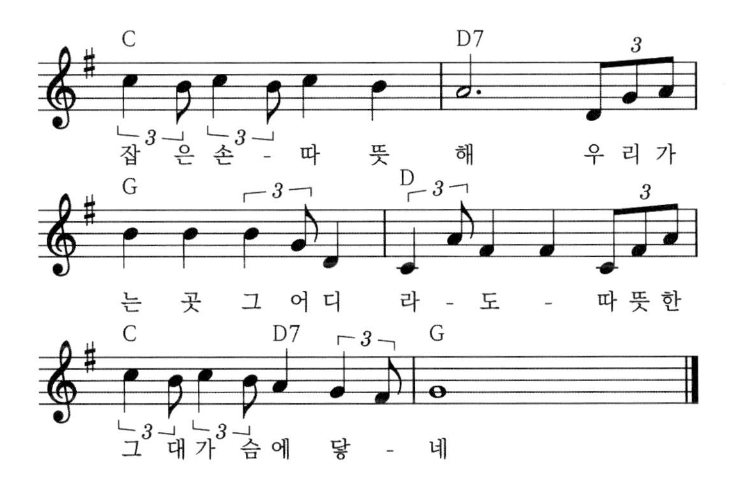
C
D7
잡 은 손 - 따 뜻 해 우 리 가
G
D
는 곳 그 어 디 라 - 도 - 따 뜻 한
C
D7
G
그 대 가 슴 에 닿 - 네

자장가

♩ = 100
C C C C
잘 - 자 라 잘 - 자 라
C G7 G7 C
우 리 아 기 잘 - 자 라
C C C C
예 - 쁜 꿈 - 꾸 며
C G7 G7 C
소 록 소 록 잘 - 자 라
F
우 리 사 랑 아 - 가
G7
우 리 자 랑 아 - 가

F
따 뜻 한 품 속 - 에
G7
환 하 게 잘 - 자 라
C C C C
잘 - 자 라 잘 - 자 라
C G7 G7 C
우 리 아 가 잘 - 자 라
C C C C
예 - 쁜 꿈 꾸 - 며
C G7 G7 C
소 록 소 록 잘 - 자 라

춤곡풍

—생일 축하해—

겨울, 트레몰로

♩= 100
C C C G7
오,세상에 아 름 다 운 근 - 겨
G7 G7 C
오 늘 오 신 이 누 구 신 가 요
C F C
기 쁨 이 신 이 환 하 신 이
C G7
누 구 신 가 요 사 랑 하 는 이
Dm C
봄 눈 뜨 려 면 아 직 먼 날
Dm C F C G7
조 용 히 떨 림 과 감 동 으 로
C Dm
고 맙 습 니 다 고 맙 습 니 다

G7
C
오 래 도 록 고 맙 습 니 다
Dm
C
봄 눈 뜨 려 면 아 직 먼 날
Dm
C
F
C
G7
조 용 히 떨 림 과 감 동 으 로
C
Dm
고 맙 습 니 다 고 맙 습 니 다
G7
C
오 래 도 록 고 맙 습 니 다

봄 그리다

♩= 78
C
G7
봄 이오시 면 그 대 - 생각 나
Dm
C G7 C
꽃 이피시 면 창 밖을보 네
G7 F G7
그 대 는 어 디 서 소 식 이 없 는 데
C
C G7 C
아 지랑이 속 그 대를본 다

백우

♩= 72
Am G F E7
흰새 하늘날아오 르며 속벗어 몸빼어낼때
Am G F E7
깃 털 이 우 수 수 이 승 가 득 흩 뿌 렸 다
F G
저 푸 르 스 름 히 황 홀 한
C E7
알 몸 펄 펄 하 얀 꽃 잎 속 에
Am G F E7
흰새 하늘날아오 르며 속 벗 어 몸빼어낼때
Am G F E7
깃 털 이 우 수 수 이 승 가 득 흩 뿌 렸 다

저만치

♩= 90
D D Bm Bm
그 리 워 그 리 워
Em Em C C
그 리 워 그 리 워
D D D D
그 리 워 그 리 워
D7 B7 A7 D
그 리 워 하 는 만 큼 더 그 리 워
D D Bm Bm
사 무 쳐 사 무 쳐
Em Em C C
사 무 쳐 사 무 쳐
D D D D
사 무 쳐 사 무 쳐

D7 B7 A7 D
사 무 쳐 하는만 큼 더 사 무 쳐
D D D D
사 랑 해 사 랑 해
Em Em G G
사 랑 해 사 - 랑 해
D D Bm Em
사 랑 해 늘 하 고 싶 은 -
Em A7 D
-말 사 - 랑 해

심화요탑

♩= 80
Am Dm
기 다 리 라 했 지 만
C E7
기 다 리 지 못 했 네
Am Dm Dm
가 슴 에 측 은 두 고
C E7 Am
다 녀 가 - 셨 네
C F Dm
사 모 에
C E7
인 불 길

Am
Dm
잡 을
수 없 네
Am E7 Am
온 몸 태 우 네
Am Dm
마 음 불 탐 사 르 니
C E7
어 리 석 고 가 엾 네
Am Dm
임 어 찌 하 오
C E7 Am
내 전 생 에 지 - 지 를

나 어디에

♩= 88
Am
Dm
G
C
나 뭇 잎 이
떨 - 어 져
F
G
E7
Am
가 - 던 길
멈 - 추 네
Am
Dm
G
C
지 나 가 던
아 - 이 가
F
G
E7
Am
물 끄 러 미
바 라 보 네
Am
C
E7
나 어 디
가 는 지
E7
G
Am
물 을 곳
없 - 어

Am C E7
나 어 디 가 는 지
E7 Am
계 절 에 묻 - 네
Am Dm G C
나 뭇 잎 이 떨 - 어 져
F G E7 Am
가 - 던 길 멈 - 추 네
Am Dm G C
나 뭇 잎 이 떨 - 어 져
F G E7 Am
가 - 던 길 멈 - 추 네

매원에서

♩= 84
Am
홍 매 백 매 수 양 - 매
Am C E7
뜰 가 득 울 댓 잎 소 리
Am E7
홍 매 백 매 수 양 - 매
Am Dm E7 Am
뜰 가 득 울 댓 잎 소 리
C Am
서 둘 러 오 시 게
Am C G
상 차 려 놓 - 네
C Am
매 화 꽃 피 - 어

Am C G E7
매 화 꽃 지 - 니
Am C Dm G
꽃 에 취 해 술 에 취 해
Am C F E7 Am
날 저 물 고 밤 이 깊 어

봄, C

— 꽃 기다리다 —

♩= 104
C G7 C G7
하 릴 없 이 꽃 기 다 리 다 꽃 봉 오 리 부 풀 고
Dm C G7 C
양 지 녘 에 나 앉 - 아 먼 저 꽃 피 겠 네
C G7 C G7
몇 날 이 고 꽃 기 다 리 다 꽃 봉 오 리 꿈 속 이 고
Dm C G7 C
양 지 녘 에 나 홀 - 로 먼 저 꽃 보 겠 네

봄, C

—봄 눈 녹듯—

♩= 104
C F C G7
눈 녹 고 요 바람자고요 완 연한봄 볕 인 데 요
C F G7 C
공기너무차 요 이제겨울온것처럼 봄 예 쁘 신 엄 살이요
Em F G7 C
쌀 쌀 맞 은 표정이지만 요 금새풀어지 시 고 - 요

봄, C

—서-충-신—

♩ = 120
C Em Am
같은 마음이었으면
Dm F Dm
좋겠다고 고백한다
C Em Am
마음 가운데라고
Dm G7 C
음 - 고백한다
Dm G7 C
진심이라고 백한다
C G7 C
서 충 신

Dm G7 C
오 늘 마 음 고 백 한 다
Dm G7 C
진 심 이 라 고 백 한 다
C Em Am
같 은 마 음 이 었 으 면
Dm G7 C
좋 겠 다 고 고 백 한 다
Dm G7 C
오 늘 마 음 고 백 한 다
Dm G7 C
진 심 이 라 고 백 한 다

봄, C

—꽃이라 나비라, 아 좋다—

C
G7
C
생각이 일자 아 차 꽃 이었 네
Am
G7
C
나 비라꽃 이라 아 좋 다
Am
G7
C
나 비라꽃 이라 아 좋 다

해설

해설

포스트모던 시대 영성 회복을 위한 낭만적 꿈 찾기

김미라(문학평론가)

넘치는 정보와 뉴스의 반복되는 새로움에 현대인들이 오히려 권태와 무력감을 느낀다는 건 역설적이다. 조용한 일상이 주는 안정감과 그 힘에 대한 감각을 상실한 채, 의미 없이 새롭기만 한 일과 속에서 현대인의 삶은 소진되어 간다. 예술이라 간주되는 것 가운데 적지 않은 것들에서도 길 잃은 탐미주의의 황폐한 도착지들을 마주하곤 한다. 새로운 것들에 대한 매력, 흥분, 체험 등을 마치 마녀사냥 하듯 추구하면서, 이미 발견된 것에 내재해 있는 초월적 의미를 숙고하지 못하기 때문이다. 변화는 세상의 진리지만 무의식적인 변화는 일시적일 뿐, 의식을 통한 질서 있는 변화만이

의미를 지닌다. 꿈이 없이 환각illusion밖에 남지 않는 시대라는 게 오늘을 사는 이들의 한계이자 위기이다. 이때 일상의 루틴 속에서 낭만적 사랑을 되찾고자 하는 류승도 시인의 시적 욕망은 어쩌면 자연스러운 현상이라 하겠다.

시집 『세상의 모든 꽃들이 당신을 생각하는 이유가 된다』는 포스트모던 시대를 사는 시인이 세계와의 정동적 교류를 통해 영성을 회복하고자 하는 낭만적 꿈 찾기이다. 탈근대의 영성과 정동의 개념을 물질적인 육체를 가진 시인이 어떻게 경험하고 느끼고 있는지를 보여준다. 이전에 발표한 두 권의 시집(『비행기로 사막을 건너며 목련을 생각한다』(2010) 『라밍』(2014)) 이후, 세 번째 시집에 도착한 것은 오랜 시간 삶이라는 투쟁 끝에서 만난, 일상처럼 보이는 것들이다. 과거와 미래에 사로잡히지 않은 현재, 이전의 현재에 환원되지 않는 과거, 다가올 현재로 이루어지지 않은 미래란 존재하지 않는다. 과거와 미래의 이미지와 공존하는 현재를 포착하는 일이야말로 류승도 시인의 세 번째 시집이 보여주는 메타포이다. 이전의 시집들이 현재와 미래를 새롭게 사유하는 중후한 배경음이 되었음을 알 수 있다.

#소진

세 번째 시집을 엮다, 빚이란 단어를 떠올린다.
(…)
욕망일 수 있고 목표라도 좋겠다. 현실과의 괴리,
그 사이에서 거리를 좁히기보다는
스스로 건너는 외나무다리로 시를 생각할 수 있겠다
(…)
순서로 보면 첫울음이 날숨이니 먼저 비우고 시작한 삶
인가?
찼으면 비워야 할 무엇, 소진이다.

—'自序' 부분

"소진"은 피곤함과는 다른 고갈된 상태이다. '피곤'이 어떤 가능성의 장 안에서 선택한 일을 수행하느라 지친 상태라면, 들뢰즈에게 '소진'은 모든 가능성이 고갈된 상태로 어떤 선택이나 목표를 품을 수 없는 완전한 교착상태를 말한다. 쉬고 싶다는 생각이 어떤 의지나 목표와 계획 등 가치판단이 들어있는 상태라면, '소진'은 목표와 가능성이라는 의미의 장 자체를 상실한 상태, 이러지도 저러지도, 이러지 않지도 저러지 않지도 못하는 상태라고 할 수 있다. 피곤함이 어떤 것something에 의한 것이라면, 소진은 오히려 어떤 것도 할 수 있음을 할 수 없는 nothing 상태에 이른 것이다. 소진된 인간은 가능성을 실현하는 사람이 아니라 가능성과 유희하는 사람이다. 너무나 많은 가능성들 사이에 놓여 있어서 그 사이에 그 어떤 차이도 존재하지 않게 되는 상태이다. 피곤한 사람은 누울 수 있지만, 소진한 사람은 앉아있다. 쉼과 일 사이의 경계마저 무너져 버렸기에 누워있으나 앉아있으나 차이가 없게 된다. 소진이 무한한 일의 원천인 셈이다. 휴식과 일 모두의 의미가 사라지는 논리에 따르면, 아무것도 못하고 무한히 휴식을 취하고 있는 상태나 무한히 일을 하는 상태나 그 본질적 기제는 똑같다고 볼 수 있다. 번아웃과 일중독이 결과적으로 같은 구조를 갖게 되는 것이다.

시 「연」은 "연"이라는 하나의 기표에 셀 수 없이 많은 의미들을 배열해 놓았다. 무의미한 언어의 무한한 배열이 소진 상태를 시적으로 표현하는 한 가지 중요한 방식으로 보인다. "연이 해 연이고 그럴 연이고 익힐 연이고 연기 연이고 펼 연이고 갈 연이고 잇닿을 연이고 인연 연이고 늘일 연이고 탈 연이고/ (...)" 19행으로 이루어진 이 시는 "연"이라는 기표를 따라다니는 의미들을 나열해 놓은 것인데, 각각의 의미들을 무작위로 병치함으로써 '의미 없음'을 효과적으로 보여준다. 하나의 단어가 갖는 의미들이 유기적으로 연결될 수 없는 문장을 무한히 반복해서 생성해 내는 것, 핵심은 의미파악이 되지 않는 것들의 단순 반복이다. 알아들을 수 없는 목소리만 남은 소리의 조합들이다. 이러한 시적 표현방식의 효과는 우리가 일상에서 당연한 것처럼 받아들였던 사회체계라든가 우리의 생각과 행동방식들이 과연 얼마나 확실하게 의미 있는 것이냐를 한 번쯤 의심해 보는 계기를 마련한다는 데 있다. 이를 통해 독자들은 확고한 의미성에 반대하는 강력한 무의미성을 어렴풋하게나마 느낄 수 있게 되는 것이다. 아무런 의미가 없는 가능성들의 무한한 계열을 반복적으로 좇아가다 보면 종국에는 어떤 계시와 같은 상태, 특별한 인지의 상태에 이르게 된다.

몸에 처해,
큰일 아니면
제친다 이제
사소하게
큰일,

—「대사」 부분

#잠

잠을 끌고 다닌다, 아니, 잠이 끌고 다닌다.

잠이 있었다고 썼다. 잠에서 꿈이 태어나고 삶이 태어났다고, 중심에 늘 잠이 있었다고 썼다.

사막도, 사랑도, 생명도, 기억도 잠에 대한 욕망의 다른 말은 아닐까? 불면의 언어는 아닐까?

—첫 시집 『비행기로 사막을 건너며 목련을 생각한다』 '시인의 말' 전문

잠을 끌고 다니다 잠에 끌려 다니다
한번 더, 잠 있었다, 쓰다 蠶 있었다, 바꿔 쓰다
(누에가 다 자랄 때까지 네 번 자며
잘 때마다 껍질을 벗으며 뽕을 먹지 않는다)
슬쩍, 쓴다, 애초에 구멍, 있었다 중심에 구멍, 늘 있었다
하나니, 다시, 또다시, 다시 또, 한 번 더

—두 번째 시집 『라망』의 '自序' 전문

시인에게 잘 살아가는 일은 때때로 꿈속을 산책하는 일이 아닐까 한다. 잠을 통한 산책은 존재의 휴가이므로 그보다 더 나은 삶이 있을 것 같지 않아서다. “꿈이 태어나고 삶이 태어나”는 잠은 수많은 가능성의 공간이다. 빽빽한 일정표를 따르는 사람들이 찾아가는 텅 빈 백지 같은 공간, 비어 있음의 공간, 수면은 밤의 활동이 시작되는 능동적인 시간이다. 트라우마는 밤에 가장 활발히 움직인다. 트라우마가 수면을 방해하기도 하지만, 과도한 수면을 유발하는 트라우마도 있다. 자다가 소멸해 버릴 것처럼 자는 일, 마음이 스스로를 보호하기 위해 문을 닫는 것과 같은 이치다. “잘 때마다 껍질을 벗”는 잠은 깨어나게 될 죽음이다. 죽음은 깨어나지 못할 잠이다. 죽음을 영면永眠이라 하고, 잠을 숙면熟眠이라 부르듯 잠과 죽음은 닮았다. 현대의 문화는 금방이라도 잠에 떨어질 수 있는 상태를 만들면서, 한편으로 제대로 잘 수 없도록 방해한다. 끊임없이 쏟아지는 뉴스는 피로의 원인이자 결과이다. 코를 고는 일은 구개와 편도를 밀어내고 목구멍을 열어 기도를 확보하려는, 살려고 발버둥 치는 절박한 시도이다. 행복이 그렇듯이 어쩌면 우리가 잠에게 가는 길은 현명한 일이 아닐지도 모른다. 가는 대신 기다려야 하는 일, 억지로 가려 하면 더 안 오는 일, 잠들려 하면 할수록 달아나는 게 잠이다. 꿈 역시 이중적이다. 청년들이여 꿈을 가지라 하더니 꿈도 꾸지 말라 한다.

과학이 꾸는 꿈도 헷갈릴 때가 있다.

물이 오염되었다고 합니다 부족하다고 합니다/ 살 활活
이 물 수氵에 혀설舌인데요 활活이 물氵로 혀舌를 적셔,
천千개의 입口을 가져야 하는데요

—「물 수에 혀 설과 천 개의 입에 관하여」 부분

무엇을 하고 싶나 할 수 있고 해야 하나

상상하는 이여 실현하는 이여 명령하는 이여 창조하는
이여 선포하는 이여 명명하는 이여

아, 사랑하는 이여

—「4차 산업혁명시대에 우리는 무엇을 하고 싶나」 전문

시대와 문화를 망라해 창조성이란 곧 공간을 만드는 일이다. "끝없이 출렁이는 바다의/ 중심을 잡기 위해서" "끝없이 흔들리며 중심( ) 잡는 마음"(「바다, 충」)이다. "더 중심이기 위하여/ 다시 변방은 변방/ 또 중심은 중심/ 어디 계신지/ 시 아닌 거기/ 까지 시 쓸 수 있어야"(「구멍-변방과

중심」), 세상이 빙빙 돌아 어지럽더라도 시인은 멈출 수 있는 용기를 내는 일을 스스로 발견해 낸다. 어쩌면 잠은 류승도 시인에게 제대로 보기 위해서는 가끔 눈을 감아야 한다고 말해주는 하나의 방식인지도 모른다. 세상에는 언제나 더 배울 게 있다고, 현재가 더 잡아먹히기 전에 생각을 멈추면, 그 어느 곳보다 가장 먼 곳에서 어떤 소리가 들려오기 시작할 것이다. 바로 자신의 심장소리, 이제 집이라고, 잠을 자고 싶다고. 집으로 들어와 문을 잠그면 세계는 집만큼 작아진다. 침대에 누워 불을 끄면 침대의 반이 세상의 전부가 되고, 잠이 드는 순간 세계는 다시 확장된다. 시인에게 잠은 작아졌다가 무한히 확장되는 구멍이자 세계이다.

모두 구멍으로 통하고 걸린다
어느 틈을 보셨는지

—「사곶사빈에서」 부분

시인에게 모든 구멍은 틈이요, 잠이다. '끌고' 다니고 '끌려' 다니던 잠. 삶도 아니고 죽음도 아닌 공간이다. 플라톤에게 철학이란 죽음과 관계 맺는 방식이다. 자기 자신 안에 집중되어 있는 상태다. 죽어있는 상태가 깨어있는 상태다. 살면서 이미 죽어야만 하고 살아서 죽음을 앞당

겨야만 한다. 그러니까 죽음은 넘어지고 전복되는 종착점이 아니라, 오히려 시작과 출발점이다. 하이데거에게도 죽음은 현존재를 본래적 실존으로 깨어나게 한다. 죽음은 현존재를 부르고 흔들어 깨운다. 자기의 가장 고유한 존재를 개시한다. 선불교에서의 죽음을 향한 자유는 일종의 내가 있지 않음으로부터 솟아난다. 여기서의 죽음은 자아로 존재하는 방식이 아니라 오히려 자아가 없는 상태로 깨어나서 자아로 존재하지 않는 독특한 가능성이다.

나의 빈자리가 나다
나를 끌고 다니는 나다
나보다 더 가득한 나다
백 마리중 잃은 한 마리 양이다
나의 빈자리가 사라진다
나 가득히 사라진다, 나 사라지리!
한 섬 부족한 아흔아홉 섬
나를 보는 내가 나다
내가 보지 못한 내가 나다
내가 나다, 不二!
내가 당신이면 좋겠네

—「나다」 전문

살아있는 사람에게 잠은 현실의 자리를 비우는 경험이다. 잠의 세계는 자기 전의 세계에서의 경험과 깊은 관계를 맺고 있다. 낭만주의 유파에서 잠은 의식과 무의식의 중간, 현실과 비현실의 중간인 회색지대에 쉽게 도달할 수 있는 경험이다. 잠의 순간은 우리를 억누르는 에고의 힘이 약해지는 항복의 시간이다. 로빈슨 크루소에서 잠은 세계 질서의 일부였고, 걸리버에게 잠은 또 다른 세상으로 향하는 문이었다. 신은 밤을 만들었고, 신의 연작 그 마지막을 장식한 것은 일곱째 날의 휴식이었다. 창조는 혼돈이라는 형태 없는 공간에서 시작되어 휴식이라는 정돈된 빈 공간으로 마무리된다. 놀라운 선물을 준비하고 새 하루를 맞이하는 첫걸음으로, 꿈속에서 보내는 시간은 그 통제할 수 없는 시간을 대변하는 흐트러진 침대보와 이불에 질서와 규칙을 부여한다.

#받아줌

엄마가 아이를 낳을 때 아이는 엄마를 낳는다, 남편이 여편에 토대하듯, 선물 중의 선물이 주는 선물을 받아주는 선물, 받다=주다, 받아줌!이 맞다.

—「평등에 관한 질문의 방식, 또는 편 가르기를 통한 비스듬한 생각에 둘이 무엇을 하고 싶을까」 부분

사랑하는 이께 기꺼이 구속되는
삶을 서약과 같이 바라니

우리가 자유를 포기하는 타당 절실한
이유는 단 하나, 더 큰 자유

(...)

안긴 품이 더 넓은 이치
당신을 마음껏 사랑할

자유

—「결혼과 자유의 기도」 부분

시인이 '自序'에서 밝힌 바와 같이 "첫울음이 날숨이니 먼저 비우고 시작한 삶인가?". '날숨'은 개별 존재자가 깊은 차원에서 모든 다른 사물을 '내쉬는 것' 혹은 그것들에게 '머물 공간'을 마련해 주는 의미이기도 하다. 받아들인 것을 보유하면서 담는다는 이 '이중의 담음'은 부어줌 속에 있다. 그런 이중의 담음을 화자는 "선물"이라고 말한다. "엄마"와 "아이"가, "남편"과 "여편"이 서로에

"토대하듯" 서로를 '받'아시 '주'는 일이 '선물'이라는 것이다. 관계가 빈사 상태에 이를 때에 우리는 애착 관계를 깨트리려 한다. 그러나 누구나 바라는 애정 관계에서의 "구속"은 강제적 속박과 전혀 다른 의미다. 사랑으로 맺어진 관계에서는 자유로워지려는 요구도 없어진다.

『선물』의 저자 루이스 하이드에 따르면 선물은 주어질 때마다 주는 사람과 받는 사람 모두에게 새로운 영적 생명을 낳음으로써 선물 스스로 다시 생기를 얻고 되살아난다. 성경은 사랑하는 자에게 잠을 주신다고 한다. 선물이라는 행위는 연결을 만든다. "선물"의 교환("받아줌!")은 정신이 통합의 필요성을 느낄 때 선호하는 내적 거래이다. 본질적으로 엄마와 아기가 서로를 받아주는 공간이자, 세계가 거주하기 위한 공간인 자궁이 서로에게서 흘러나온 선물 속에 존재하고 있음을 알 수 있다. 류승도 시인은 모든 것이 상품으로 거래되는 상품 경제 사회에서 황폐하고 빈곤한 이기적 자아를 넘어서는 공동체적 삶의 원형으로서, '선물'의 의미와 그 구조의 뿌리를 드러내 보여주고 있다.

그 누구를 시공에서 보내기 위하여
(또한 어디선가 받기 위하여?)

우주에 울음이 가득 하나

깨어나니 내게서 시작된 우주였다

—「우주구멍」 부분

선물하는 물에는 원천이 머무른다. "구멍"에서 인식할 수 있는 것은 둥근 측면과 그 가장자리를 형성할 때 속이 빈 중심이 영향을 주며 그것들을 지탱한다는 것이다. 측면과 가장자리는 근원적으로 개방적인 것이 발산한 것일 뿐이다. 그렇게 개방적인 것은 자기 주위에서 자기를 향해 형성되는 공간을 요구하면서 자기의 개방성을 본질적으로 존재하게 한다. 그리하여 둘러싸는 것 속에서는 개방적인 것의 본질적 존재가 반사되어 발산된다. '측면의 형성'은 비어있음의 '발산'이다. '속이 빈 중심'은 '자기를 향해' 형성되기를 요구한다. 자기를 향한다는 것은 비어있음의 내면성을 나타낸다. '비어있음' 혹은 우주와 같이 개방적인 것은 구멍의 영혼과 같다. 이처럼 형태 혹은 형식은 영혼과 같은 내면성의 발산임을 알 수 있다. 지각은 세계를 움켜잡는 방식이다. 라이프니츠에 의하면 영혼은 단자單子이고, 단자는 우주가 비치는 거울과 같다. 단자에서 되비치는 것은 능동적 표상으로 수행되며, 단자에는 욕망이 들어있다. 인간의 영혼은 그것이 욕구하는 한에서만 누군가로 있다. 욕망하는 한 지점에 있어야 그 지점에서 세계가 관찰된다.

> 뿌리가 꽉 잡고 나온 마른 흙덩이를 보고 이미 알았네(나는 속으로 단단하게 무엇을 움켜쥐고 사는지)
>
> —「붉은 동백을 수목장으로 기억하다」 부분

모든 환영과 상상, 사유가 발생하는 조건은 바로 주체와 대상의 관계를 뒤바꾸는 장소, 혹은 그 분리가 무의미한 꿈과 현실의 경계에 있다. 때론 결핍으로 보이는 구멍의 존재를 조형예술은 장소로서 찾아내고, 그 윤곽을 그리면서 세우는 방식을 모색한다. 하이데거식으로 해석하면 '비어있음'은 현존하는 것을 집중된 공동 장소 속으로 비우면서 모은다. '받아줌'의 형식인 엄마와 아기(「평등에 관한 질문의 방식, 또는 편 가르기를 통한 비스듬한 생각에 둘이 무엇을 하고 싶을까」), 그리고 사랑하는 부부의 정신적 통합(「결혼과 자유의 기도」)으로 이루는 '선물'과도 같이 함께 유지하고 영향을 주며 지탱한다. 그 자체로 보이지 않으면서, 모든 보이는 것으로 하여금 의미와 목적을 가지고 나타나 두루 빛나게 한다. 모으면서 분위기를 규정하는 이 '비어있음'은 결과적으로 장소에 영혼을 불어넣고 목소리를 마련해 준다.

#루틴

류승도 시인은 근대사회가 이루지 못했던 모범답안들을 포스트모던 시대의 해법으로 보여준다. 이야기는 특별한 사건 속에만 있는 것이 아니라, 잔잔한 이야기들이 발단과 전개만으로도 완벽하게 완성될 수 있음을 낮은 음성으로 들려준다. 모든 사물과 사람은 독특하고, 모든 순간은 한 번 뿐이며, 일상의 이야기만이 유일하게 영원하다는 메시지다. 특별하지 않은 일상의 루틴 속에 우리 모두에게 충분히 가능한 것들이 내재해 있다는 것이다.

> 소일이 생각을 돕고 생각이 소일을 돕는 형식,
>
> (…)
>
> 날마다 어떤 변화를 보이느냐를 적는 음계를 따라 생각의 내용과 형식이 달리 연주된다
>
> (…)
>
> 아름다운 이를 위하여 일주의 나를 거행하는 형식이 이러하다
>
> —「아름다운 이를 향한 일주의 소일과 형식에 관하여」 부분

화자가 하루를 거행하는 의식이 마치 수행자의 모습을

닮아있다. 일주의 루틴에 담긴 단정한 풍경 속에서, 거시적 차원의 일상선日常禪을 보는 듯하다. "양과 때와 빈도와 주기"가 일정한 시간 속에서 로즈마리 화분 하나를 정성스럽게 키워내는 모습이 아름답고도 성스럽다. 일용하는 양식은 순식간에 빛이 발하고 마는 매력은 없지만, 그것 없이는 살 수가 없다. 루틴 가운데서 독자가 발견하게 되는 것은 매일 화자가 집중하는 포인트가 조금씩 달라진다는 데 있다. 이때 "언제나 같은 패턴으로 반복되는 일상 속의 규칙적 리듬이 아름다운 이유는 모든 사소한 것들이 똑같지 않으며 매번 달라진다는 것을 볼 수 있게 되기 때문"이라는 빔 벤더스 감독(영화 「퍼펙트 데이즈」)의 말이 떠오르는 것은 우연이 아니다. 삶을 곧 수행으로 여기는 시인의 태도에서 엿볼 수 있듯이, 화자가 행하는 "일주"는 기계적인 반복 작업으로 구성된 하루가 아닌, 인간 특유의 감정, 정동이나 영성이 요구되는, 육체가 함께 움직이는 작업이다. 조심스럽게 다가가 화초를 관찰하면서 낯섦에서 앎으로 나아가는 과정이 마치 사랑하는 이를 대하듯 지극하다. 노동을 위해 움직인다기보다는, 내 몸과 마음을 움직이기 위해 화초를 돌보는, 탈근대시대 노동윤리의 모범답안을 제시하고 있다. 시 「돌 3-시작」 역시 이와 같은 연장선에 있다.

점심 뒤에 아이스아메리카노커피 마시고 남은 창가에
빈 투명플라스틱컵이다
아이스 대신 작은 돌 세 개 주워다 놓고 커피 대신 수돗
물 넣고 빨대 대신 수초 아몬드페페 두 줄기 넣고 월요
일이라 한다
아이스 대신 작은 돌 네 개 주워다 넣고 커피 대신 수돗
물 넣고 빨대 대신 사랑초 네 줄기 넣고 화요일이라 한다
아이스 대신 작은 돌 네 개 주워다 넣고 커피 대신 수돗
물 넣고 빨대 대신 수초 아몬드페페 세 줄기 넣고 수요
일이라 한다
아이스 대신 좀 큰 돌 한 개 주워다 넣고 커피 대신 수돗
물 넣고 빨대 대신 수초 두 줄기 넣고 목요일이라 한다
아이스 대신 작은 돌 한 개 주워다 넣고 커피 대신 수돗
물 넣고 빨대 대신 수초 아몬드페페 한 줄기와 연잎 한
줄기 넣고 금요일이라 한다
점심 뒤에 아이스아메리카노커피 마시고 남은 빈 투명
플라스틱컵이다
아이스 대신 작은 돌 두 개 주워다 넣고 커피 대시 수돗
물 넣고 빨대 대신 뿌리까지 무성한 수초 하나 얻어다
넣고 토요일이라 한다
점심 뒤에 아이스아메리카노코피 마시고 남은 빈 투명

플라스틱컵의 구멍 난 뚜껑이다
뒤집어 놓은 뚜껑이다
아이스도 없었으니 커피도 없었으니 좀 큰 돌 하나 주워
다 넣고 수돗물 넣지 않고 빨대 대신 뿌리까지 무성한
수초 하나 얻어다 넣지 않고 않아도 되고 일요일이라 한다

—「돌 3—시작」 부분

위 시는 "점심 뒤에 아이스아메리카노커피 마시고 남은 빈 투명플라스틱컵"으로 치르는 '일주의 의식들'이다. "이 모든 작업을 하루에 하나씩 7일 만에 했다고 생각하지는 마시길, 토요일과 일요일에 출근했다고 생각하지는 마시길!"(「돌 3—시작」). 이는 상상 속의 일이며, 화자가 꿈꾸는 일상을 대하는 태도임을 밝히고 있다. 반복의 변주에서 새로움을 창조하듯 "아이스"와 "커피"와 "빨대"를 "돌"과 "수돗물"과 "수초"로 "뒤집어 놓"은 시인의 '일주'는 마침내 낭만적 하루를 이루기 위한 날들이 축적되어 도달한 '오늘들'이 된다("이미 와있고 완전하며 전부인, 온 늘이다." —「서-충-신」의 "오늘"에 대한 주석). 시 「만취」의 화자가 "고궁에서" "가을을 만나" "스마트폰으로 찍"은 사진 역시 "얼굴도 이름도 보이지 않"고, "구름 한 점 없는 하늘"이다. "청잣빛" "마

음만" "가득 담"은 하늘이다. 눈앞의 현실을 제어할 수는 없지만, 그것을 어떻게 받아들일지는 자신의 선택이라는 듯, 이제 선택과 배제의 과정을 거쳐 "시 쓸 일"만 "남았다"(「돌 3—시작」)고 말한다. 사진 속 '정제된' 하늘과 일주의 하루들에서 한 편의 예술영화를 보는 듯하다.

#음악

기타 연습의 생각이다
손가락이 지판을 잘못짚어 계속 멈춘다
초급곡 하나 완주가 만만치 않다

—「기타 연습하다 동영상 보다」

나의 악기를 새 줄로 갈아
음을 고르고
감사의 노래 부르기를

부디 바라니,
나를 사랑하시는 임께서
나를 사랑하시는 대로,

나의 삶으로 임 사랑

—「갑진, 새해 소망」 부분

그대 말없이 하는 말 나
듣네
내가 말없이 하는 말 그대
듣네

—「따뜻한 가슴」 부분

류승도 시인의 일상을 돌보는 의식적인 태도에는 기타를 배우는 일에서도 발견할 수 있다. 소리로 마음을 주고받는 음악이라는 분야를 탐험하면서 시의 화자는 새로운 언어를 접한다. 언어가 바뀌면 우리는 다시 아이가 되어 삶을 근본부터 다시 생각하게 된다. 이미 알고 있는 것들도 음악의 언어로 새롭게 배워보는 것이다. 삶에서 연륜을 쌓아왔을지라도 기타 연주에서만큼은 초보인 화자가 돌아가지 않는 손가락 앞에서 겸손할 수밖에 없는 상황이다. 몸속 깊은 곳의 빈 공간에서 준비된 호흡을 외부 세계와 연결하는 중간 지점이 손가락이다. “손가락들이 부드럽게 춤추”(「기타 연습하다」)기 위해서는 악기의 소리로 노래를 해야 한다. 이는 노래를 악기의 소리로 완벽하게 바꾸기 위해서 횡격막에 집중해야 하는 이유가 된다. 가슴과 배 사이 공간에서 수축과 이완으로 폐의 호흡작용을 도와 설렘과 아련함을 미세하게 조절하는 횡격막이야말로 음악을 인간적으로 들리게 만드는 '빈터'이다. 호흡과 손가락과 마음을 연결할 수 있게 되었을 때 비로소 연주에 풍성함이 깃든다. 음악은 "말없이 하는 말"이자 세계와 나누는 영적 교감이다. 긴 호흡으로 마음속 가장 깊고 어두운 곳으로 내려갈 수 있다면, 모든 것을 놓아버린 그 자리에서 나의 노래가 시작된다("순서로 보면 첫울음이 날숨이니, 먼저 비우고 시작한 삶인가?"—「시인이라는 말」).

높이가 맞고 어울리게
나를 연주할
늘 준비,

—「조율, 2023」 부분

C　Em　　Am Am　Dm　　F　　Dm Dm
같은 마음이었으면　　좋겠다고 고백한다
C　Em　　Am　Am　Dm　G7　C　C
마음 가운데라고　　음　고백한다
Dm　　G7　C　C　　C　G7　C　C
진심이라 고백한다　　서　충　신

Dm　　　G7　C C　　Dm　　　G7　C C
오늘 마음 고백한다　　　　진심이라 고백한다

C　Em　　　　Am Am Dm　　　G7　C C
같은 마음이었으면　　　　좋겠다고 고백한다
Dm　　　G7　C C　　Dm　　　G7　C C
오늘 마음 고백한다　　　　진심이라 고백한다

—노래 「봄, C—서-충-신」 가사 및 코드 전문

위의 시는 자작시에 연주를 위한 코드를 추가했다. 음악에서 코드는 여러 개의 음을 동시에 연주하여 만들어내는 화음이다. 코드 진행은 멜로디와 리듬을 뒷받침하는 중요한 요소로 작용한다. 반복되는 코드는 멜로디의 일부를 강조하고, 듣는 이로 하여금 기억하기 쉽게 한다. 위 작품에서는 곡의 분위기를 형성하는 데 중요한 역할을 하는 C의 5도 음과 G의 루트 음이 공통 음을 가짐으로써 두 코드 사이를 매끄럽게 연결해주고 있다. 미술에서 시작된 미니멀리즘은 음악에도 영향을 끼쳤다. 단순화와 반복이다. 계이름이나 숫자 혹은 시의 단편 같은 것들이 가사를 대신하기도 한다. 처음에 제시된 악상이 발전하지 않고, 일정한 음높이와 리듬 패턴의 반복한다. 지루할 것 같지

만 중독성이 있다. 우리는 갈등과 클라이막스, 그리고 대단원에서 긴장이 해결되어 종결 지점에서 강렬함을 느끼게 하는 음악이나 작품들에 길들어져 있다. 미니멀리즘 음악에는 그런 것들이 없다. 단순함과 반복의 미니멀 한 코드 진행으로 명상적 분위기를 효과적으로 드러내고 있는 「서-충-신」 등의 코드를 포함한 시들이 일주의 루틴 속에서 건져 올린 단순함의 매력을 상기시켜 준다. "스스로 건너는 외나무다리로 시를 생각"('自序')하는 시인은 시의 언어로 다 담지 못한 말들에 음악이라는 언어의 힘을 보태고자 한다.

#꽃

당신을 사랑하는 시를 쓰지 못했다
시를 쓰지 못한 편지를 쓴다

오랜 습관인 듯 생각하네
어느 날부터였는지 계절에 기대어

여섯 줄에 싣는 가득 빈 가슴일까
꽃이라도 다 담을 수 없네

허공에 잠시 울려 퍼지는 목소리
다가오는 듯 다가갈 수 있을 듯 거기

세상의 모든 꽃들이
당신을 생각하는
이유가 된다

—「## 세상의 모든 꽃들이 당신을 생각하는 이유가 된다」 전문

위 시의 화자는 "당신을 사랑하는 시를 쓰지 못해" "편지를 쓴다"고 고백한다. "가득 빈 가슴일까" 했으나 기타의 "여섯 줄에" "다 담을 수 없"는 당신이라는 "세상의 모든 꽃"이 "허공에 잠시 울려 퍼"질 뿐, 시가 되지는 "못했다"는 것이다. 하이데거에게 비어있음이 역동적 생기生起를 표현하는 것이라면 선불교의 비어있음은 욕망도 결핍도 없는 공간이다. 아페티투스apetitus가 없는 공간이다. 신의 매개 없이도 소통할 수 있는 세계다. 지붕이 없고, 땅이 없는 세계다. 자신을 사물에 강요하는 주체가 없는 세계다. 물은 도처에 있어서 불꽃에도 스미고, 마음과 머리에도 스미고 현명한 사람의 육체와 정신에도 흐른다. "쓰지 못했다"는 말은 당신이라는 세계와 물 흐르듯 완전한 소통이 이뤄지지 못했음을 반성反省하

는 마음이다.

흰동백꽃 보다 치자꽃 보다 철철 피는 당신을 본다

세상의 모든 꽃들이 당신을 생각하는 이유가 된다

내 안에 당신이 그 안에 내가 머물길 바라니

—「빛 담다, 2G」 전문

비유가 비본래적 해석이라면 "철철 피는 당신"은 본래적이다. 꽃처럼 피는 당신을 보는 것이 아니라 철철이 피는 당신을 본다는 것은 시인이 이미 당신이라는 세계 속으로 이행하고 있고, 서로 섞이고 있다는 의미다. 바라보는 사람이 동시에 보여지는 사람으로 있다는 증거다. 동일성의 독방에서 벗어나 통일된 우주 속으로의 해방이다. 내부와 외부가 스며드는 빈터에는 경계가 없으므로 서로가 진정으로 자유로워졌다는 것이다. "세상의 모든 꽃들"과 "내"가 서로에게 스며드는 일은 '아무것도 아닌 자'가 되어 서로에게 도달할 때까지 마음을 굶기는 일이다(라틴어 욕망appeter은 그치지 않는 식욕의 의미가 들어있다).

무심으로 하는 꽃구경이다/ (...) 비우는 것을 몸으로 삼아, (「매화사—고매」)

그저,// 한 그릇에 담았습니다 (「몸국」)

꽃 보다 당신 생각난다/ 꽃보다 당신 생각난다/ 꽃 보니 당신 생각난다/ 꽃 보면 당신 생각난다,/ 아니 아니 아니시리오/ 당신 생각나 꽃 본다 (「어리연꽃보다」)

더 내줄 게 없을 때 내주는 것이 다 내주는 것이다/ (...) 가을이 평안하다/ 서로 바라보기 때문이다 (「가을숲에서」)

내려놓는 거다 가라앉는 거다 둘이 하나다 또한 욕심/ (...) 다른 곳에 도착하려고 애쓸 필요가 없다/ (…) 닿는 대로 숲길 걷다/ 돌아갈 길 잠시 잃는다/ 계곡물 따라 나뭇잎 떠내려가네 (「월정사」)

어리석을 우에 빠지지 않으려/ 다만 미소로 돛배 삼아/ 우의 강을 표표히 건너가는 이의/ 뒷모습일지도 모를/ 돌의 무지 큰 말 (「돌 9—미소」)

염화미소拈華微笑다. 석가모니가 연꽃을 대중에게 들어 보였을 때 염하가섭摩訶迦葉만이 그 뜻을 알고 미소 지었다는 "큰 말", 침묵으로 전하는 말이다. 석가가 꽃을 높이 든 것에 대해 선불교의 도겐은 말한다. 산과 강, 땅, 해와 달, 바람과 비, 인간, 동물, 풀과 나무, 이 모든 상이 한 종류의 사물들이 여기저기서 보인다. 그것들이야말로 꽃을 높이 드는 것이다. 삶과 죽음, 오고 가는 것도 꽃의 다양한 형태이고 꽃이 빛나는 것이다. 높이 들린 꽃은 다양한 형태의 세계로 '있다'. 그런 꽃은 존재하는 것들이 살고 죽는 것이고, 오고 가는 것이다. 이처럼 하늘과 꽃, 그리고 세계 사물들의 관점에서 나의 삶을 되비추는 일은 탈근대를 건축하는 벽돌을 쌓는 일이자 낭만을 꿈꾸는 '오늘의 일'이다.

시간의 흐름에 매인 현실에서 벗어나, 시간과 공간이 멈춘 곳에서 영혼이 해방되고 영성의 세계가 시작된다. 일상의 흐름이 정지된 잠은 삶이라는 육체와 정신과 감정의 혼돈 속에서 영성에 집중하는 '멈춤'의 시간이다. 화자가 "돛배 삼"은 "미소"(「돌 9—미소」)는 가섭이 꽃이 되는 독특한 변화가 일어나는 '사건'이다. 내면성이 제거되어 비워진 꽃의 얼굴은 자아를 가지지 않고, 산과 강, 땅, 해와 달, 바람과 비, 인간, 동물, 풀과 나무를 내쉬고

(날숨), 수용하고 되비춘다. 류승도 시인에게 '미소'는 때마다 머무는 사물들의 모습으로 '있다'. 경직에서 풀려난 세계의 경계가 없어진 모든 얼굴에서 미소가 깨어난다. 일주의 루틴이 일상 속의 일이면서도, 일상의 일이 아닌 '사건'이 되는 이유다. '당신'은 나비이고 꽃이고 시이고 '오늘'이다. "세상의 모든 꽃들이 당신을 생각하는 이유가 되"는 '이유'다. ■